KB114443

내 손끝의 탑스타

내 손끝의 탑스타 17

박꼴 장편소설

초판 1쇄 찍은 날 § 2019년 2월 12일
초판 1쇄 펴낸 날 § 2019년 2월 19일

지은이 § 박꼴
펴낸이 § 서경석

총괄팀장 § 최하나
편집책임 § 김대용
편집 § 신보라
디자인 § 신현아

펴낸곳 § 도서출판 청어람
등록번호 § 제387-1999-000006호
등록일자 § 1999. 5. 31
어람번호 § 제1-3001호

주소 § 경기도 부천시 부일로 483번길 40 서경B/D 3F (우) 14640
전화 § 032-656-4452 팩스 § 032-656-4453
http://www.chungeoram.com
E-mail § chungeorambook@daum.net

ⓒ 박꼴, 2017

ISBN 979-11-04-91935-0 04810
ISBN 979-11-04-91513-0 (세트)

박골 장편소설

FUSION FANTASTIC STORY

내 손끝의 탑스타

17

도서출판
청람

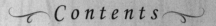

Contents

1장

외전6 - 엘시와 드림걸즈 편 I

"대박 사건! 대박 사건!"

고요했던 스프린터 안에서 유나의 목소리가 크게 울려 퍼졌다. 가냘픈 체격과 달리 화통을 삶아먹은 듯 목소리도 참 컸다.

운전대를 잡고 있던 고석훈이 백미러로 유나를 살펴보았다.

"세상에! 세상에!"

양 볼이 빨갛게 물든 채로 유나가 아이처럼 발을 동동 구르고 있었다. 그러다 두 사람의 눈이 마주쳤다.

"……."

"석훈 오빠! 대박! 손 사장님이랑 은정 언니랑 정말 사귄대요!"

"…그렇습니까? 잘됐습니다."

"반응이 그게 다예요? 놀랍지 않아요? 힝."

유나가 볼을 부풀렸다.

"유나야, 있는 사람의 여유라는 거야. 저게."

유나가 고개를 돌렸다.

짧은 금발머리를 찰랑이며 엘시가 안대를 벗고 있었다. 안대를 벗은 다음, 엘시가 고석훈의 뒷모습을 쳐다보며 다시 입술을 열었다.

"석훈 오빠도 그렇고, 우리 회사 남자들 슬슬 다 품절이네? 장가들 갈 나이라 그런가? 근데 우리들은 왜 이 모양이야?"

"우리니까."

어느새 잠에서 깬 크리스틴의 대꾸에 엘시가 얼굴을 찌푸렸다.

"말이 씨가 된다니까, 조수진 씨?"

"말이 씨가 되는 게 아니고, 이다연 너랑 네 바보 같은 동생 때문에 그러는 거잖아?"

"왜, 뭐? 우리가 뭐?"

"남자 출연자들 앞에서 개인기랍시고 한 명은 골룸 춤을 추고, 한 명은 나는 너 좋아하면 안 되냐? 이러고 있는데, 누가 좋아하냐고?"

"분하지만 그건 인정."

엘시가 순순히 고개를 끄덕거렸다.

"근데, 그 바보 같은 동생이 누군데요?"

유나가 고개를 갸웃하며 물었다.

"봤지?"

백치미를 뿜어내는 유나를 보며 크리스틴이 어깨를 으쓱했고, 엘시는 또 순순히 고개를 끄덕거렸다.

"누군데요? 응?"

유나가 재차 묻고 있었다.

"너 말하는 거잖아, 이 바보야!"

가만히 대화를 지켜만 보고 있던 연희가 유나의 이마에 꿀밤을 먹였다.

"왜 때려?"

유나가 눈물을 찔끔했다. 그러고는 얼른 연희의 목에 팔을 걸었다. 순식간에 벌어진 일이었다.

유나의 품 안에 갇혀 버린 연희가 애처로운 표정을 했다.

"사, 살려주세요! 언니들! 힘만 센 바보가 사람 쳐요!"

"바보 아니야!"

순식간에 스프린터 안이 난장판이 되어버렸다.

"……."

익숙한 일이었기에 고석훈은 표정의 변화 하나 없이 운전대를 잡고 있었다.

"편하게 잠 좀 자자! 이놈의 징글징글한 비글즈!"

고석훈의 옆 좌석에 타고 있던 제시가 귀마개를 **빼내며** **빽**, 소리를 질렀다.

제시가 멤버들을 돌아보며 한껏 눈을 치켜떴다.

"좀 자자! 너희들은 지치지도 않냐? 응?"

"……."

"……."

순간 스프린터 안이 조용해졌다.

"또 떠들면 아주 혼내준다."

제시가 다시 귀마개를 끼려 한 순간, 엘시가 씩 비웃음을 흘렸다.

"누구 마음대로 조용히 해? 얘들아! 전방 함성 발사! 목표는 래퍼랍시고 무게 잡는 제시!"

방금 전만 해도 투닥거리던 유나와 연희가 자신들의 귀를 막고 비명을 질러댔다. 제시가 얼굴을 구기고는 서둘러 헤드폰을 꼈다.

"Shut up."

결국 서늘한 크리스틴의 음성에 스프린터 안이 조용해졌다. 크리스틴이 길게 한숨을 내쉬었다.

"고 팀장님, 죄송해요. 매번."

"익숙합니다. 괜찮습니다."

"봐봐. 석훈 오빠도 재미있어하잖아?"

"이다연, 고 팀장님이 진심으로 재미있어하는 거 같아? 고 팀장님이나 되니까 우리 매니저를 몇 년째 하는 거야. 고 팀장님 그만두면 누가 우리 매니저 할 거 같아? 없거든?"

"……."

크리스틴의 일침에 다들 대꾸를 하지 못했다.

유나가 불안한 얼굴로 입을 열었다.

"석훈 오빠?"

"예."

"우리 매니저 계속할 거죠?"

"예. 아마도."

"아마도?"

엘시가 한껏 눈을 찌푸렸다. 다른 멤버들도 내심 불안한 기색을 보였다. 고석훈이 무뚝뚝하기로 유명하다면, 반대로 징글징글맞기로 유명한 게 바로 드림걸즈였다.

얼마 전, 휴가를 떠난 고석훈 대신 신입 매니저 두 명이 일주일간 매니저를 업무를 본 적이 있었다.

하지만 그 후 회사에서 드림걸즈 멤버들을 마주칠 때면 귀신이라도 본 듯 다들 도망을 쳤다.

"…알아서 조용히 하자, 얘들아."

"네! 언니!"

엘시의 말에 유나가 가장 먼저 힘껏 소리를 쳤다.

그사이 초록색 스프린터가 어울림 신사옥 부근으로 들어섰다.

보통 사옥 뒤쪽에 주차장 입구를 만들어놓는 다른 기획사들과 달리 어울림은 신사옥 정면에 주차장 입구를 만들어놓았다.

어울림 소속 아티스트를 찾아온 팬들을 위한 배려였다.

"드림걸즈다!"

"엘시 언니! 여기요!"

"유나야! 연희야!"

"크리스틴! 크리스틴!"

여기저기서 멤버들의 이름과 별명이 뒤섞인 환호들이 계속해서 쏟아졌다.

전국소녀 못지않게 드림걸즈도 국제적인 인기를 자랑했다.

전국소녀가 아시아 전역에서 활발히 앨범 활동을 하고 있다면, 드림걸즈는 국내 시장을 위주로 앨범 활동을 했다.

하지만 그 대신 드림걸즈 멤버들에게는 아시아 전역에서 큰 인기를 끌고 있는 '아는 언니들'이라는 예능 프로그램이 있었다.

초록색 스프린터가 스르륵, 어울림 신사옥 입구에서 멈추어 섰다. 그리고 스프린터 안에서 엘시와 드림걸즈 멤버들이 하나둘씩 내렸다.

고석훈도 내리고 대신 신입 매니저 한 명이 서둘러 스프린터로 올라섰다.

와아아! 여기저기서 함성이 쏟아졌다.

"우리만큼 행복한 출근길을 만끽하는 사람들은 없을 거야."

엘시가 흐뭇한 표정을 했다.

"자, 그럼 한번 가볼까, 얘들아?"

엘시를 필두로 드림걸즈 멤버들의 표정이 일순간 변해 버렸다.

엘시는 특유의 자신감 넘치는 고양이 같은 표정을, 그리고 크리스틴은 한껏 도도한 매력을 뽐내기 시작했다. 다른 멤버들도 각자의 장점을 살려 자세를 잡았다.

엘시와 드림걸즈 멤버들이 마치 유명 모델처럼 신사옥 입구를 향해 워킹을 시작했다.

와아아! 좌우에 설치되어 있는 가이드 라인에 다닥다닥 붙어 있던 팬들이 연신 환호를 했다.

엘시와 멤버들은 중간중간 멈춰 서서 사인과 셀카를 찍어 주는 일도 잊지 않았다. 고석훈도 희미한 미소를 머금은 채로 엘시와 드림걸즈 멤버들을 뒤따랐다.

* * *

똑똑. 사장실에 노크 소리가 울려 퍼졌다. 서류를 보고 있던 손태명이 무심코 고개를 들었다.

"들어 오."

"잠깐! 잠깐!"

소파에 앉아 있던 김은정이 서둘러 뛰어와 손태명의 입을 막았다. 손태명이 눈을 동그랗게 떴다.

"읍? 읍?"

"미, 미안해요!"

김은정이 얼른 손을 뗐다. 손태명이 황당한 표정을 했다.

"왜 그러는 건데, 은정아?"

"아무래도 그들이 온 거 같아요."

"그들?"

김은정이 심각한 표정으로 고개를 끄덕였다.

"네. 이다연과 그 패거리들이요."

나름 심각한 김은정을 보며 손태명이 픽 웃어버렸다. 송지유가 미국에서 촬영 중이었기에 늘 엘시와 붙어 다니던 김은정이었다.

"하하. 이제는 패거리가 된 거야?"

"커플이 된 이상, 나도 자동으로 적으로 구분될 거예요. 그러니 어쩔 수가 없어요."

쾅! 쾅! 그때 사장실 문이 요란하게 흔들렸다. 문짝이 뜯어질 것 같은 기세였다.

"태명 오라버니! 그 안에 폭스 한 마리랑 있는 거 아니까 빨리 문 열어요!"

"사장님! 저 유나예요! 괜찮아요! 문 열어요! 제가 다 막아 줄게요!"

"열어! 열려라!"

엘시의 음성과 함께 유나와 연희의 음성까지 들려왔다. 평소와 다르게 드림걸즈 멤버들의 목소리들이 살벌하게 느껴졌다.

"진짜야? 이거?"

이제야 손태명이 놀란 눈으로 김은정을 바라보았다. 김은정이 또 오버를 하며 장난을 치는 줄 알았는데, 그게 아닌 것 같았다.

쾅! 쾅! 계속해서 엘시와 멤버들이 사장실 문을 두드려 댔다.

"왜 안 열어줘요? 안에 있다는 거 다 듣고 왔는데? 아? 그 안에 폭스가 있구나? 그렇죠? 백 년 묵은 여우 냄새가 난다! 얼른 열어! 김은정!"

엘시의 협박이 계속되고 있었다.

"어, 어쩌지?"

김은정이 발만 동동 구르고는 어쩔 줄을 몰라 했다. 김은정이 초조해하자 괜히 손태명도 당황스러웠다.

"그냥 열어주지 뭐. 응?"

"열면요? 문 열어주면 나만 죽을 것 같아요?"

"우리가 왜 죽어? 김현우처럼 죄를 지은 것도 아닌데?"

"그건 그렇긴 한데, 저 목소리들 들어봐요. 다들 독이 올라서."

"⋯⋯."

김은정의 말에 손태명이 숨을 죽였다.

"다연 언니, 배신자를 어떻게 혼내주죠?"

"일단 유나 네가 태명 오라버니한테 고백을 해서 먼저 혼내주자."

"네? 정말요? 재미있겠다. 히히."

"그게 뭐가 재미있어? 그냥 폭스만 지하 연습실에 감금해 놓자."

"쇠사슬로 묶고요? 그리고 만두만 주고. 어때요? 언니?"

"응. 그거 좋다, 연희야."

제시의 살벌한 제안에 손태명이 두 귀를 의심했다.

"들었죠? 하고도 남을 인간들인 거 잘 알잖아요."

"설마, 내가 있는데 은정이 너를 누가?"

손태명의 차분한 대답에 김은정의 얼굴이 붉어졌다.

"그렇긴 하지만, 어느새 정신 차려보면 아는 언니들 다음 회에 나란히 출연을 하고 있을걸요?"

"……"

손태명의 표정이 굳어졌다. 예능 프로그램이라는 명목 아래 온갖 짓궂은 짓을 해올 게 뻔했다.

"…열어주지 말자."

"좋아요, 오빠."

김은정이 만족스러운 표정을 했다. 그러고는 얼른 핸드백을 열어 비타민 통을 꺼내 들었다.

"우리 착한 오빠한테 비타민 하나~"

쾅! 쾅! 그새 또 문이 흔들렸다. 쾅! 쾅! 쾅! 또 문이 흔들렸다. 한동안 협박과 회유가 쏟아졌다. 그렇게 10, 20분 정도가 흐르자 사무실이 잠잠해졌다.

"후우. 질긴 녀석들."

"오빠. 나 한 10년 늙었죠?"

"아니, 예쁘다."

대수롭지 않게 말을 하는 손태명을 보며 김은정의 볼이 또 발그레해졌다.

"아이 참~"

김은정이 손태명의 팔을 치며 비타민 통을 또 꺼내 들었다.

"착한 말 했으니까 비타민 하나~"

"하하."

손태명이 그런 김은정을 보며 흐뭇한 표정을 했다. 정말이지 함께 있으면 시간이 가는 줄을 몰랐다.

비타민을 받아 먹고는 손태명이 자리에서 일어났다.

"점심 먹으러 갈까?"

"네! 좋아요!"

김은정이 손태명의 팔짱을 꼈다. 회사 안이라 조금 그렇기는 했지만 손태명은 김은정이 귀여워 그저 웃기만 했다.

"오빠, 밖에 아직 있나 잘 봐요. 알았죠?"

"그래."

손태명이 살짝 문을 열고 문틈으로 밖을 살폈다. 다행히 아무도 없었다.

"없네."

"휴우. 다행이네요. 그럼 우리 가요."

김은정이 안도를 하며 문을 열었다.

"왁!"

순간 숨어 있던 유나와 연희가 튀어나왔다. 놀란 김은정이 손태명의 등 뒤로 숨으려 했지만 소용이 없었다.

유나와 연희가 한발 빨리 김은정을 끌어냈다.

"치, 친구들아? 이러지 말자? 응?"

김은정이 사정을 했지만 유나와 연희는 눈 하나 깜짝하지 않았다. 그리고 커다란 화분 뒤에서 엘시가 팔짱을 낀 채로 걸어 나왔다.

"잡았다! 요년."

"어, 언니?"

"여자 친구 놀이? 여자 친구 놀이라고 했겠다, 응?"

"그, 그게!"

김은정이 뭐라 대답을 하지 못했다.

김은정이 서둘러 이성적인 크리스틴을 찾았다. 크리스틴이라면 장난을 빙자한 이 상황을 막아줄 것만 같았다.

하지만 크리스틴도 마찬가지로 차가운 표정을 하고 있었다.

"미안. 요즘 스트레스가 많아서."

"…송지유만 한국에 있었으면 다들 알죠?"

김은정이 최후의 방패막이를 소환했다.

"한국에 없는 애를 왜 찾아? 이 폭스야!"

엘시가 비릿한 미소를 머금었다.

"안으로 끌고 가."

"네! 언니!"

유나와 연희가 김은정을 사장실 안으로 끌고 들어갔다.

"……"

손태명만 멀뚱히 눈을 뜨고 황당한 표정을 짓고 있었다.

진지한 상황인지, 아니면 언제나 그렇듯 상황극으로 장난을 치는 건지 도무지 구분이 되지 않았다.

*　　　　*　　　　*

"그래서, 태명 오라버니가 먼저 고백을 했다?"

"그래."

손태명이 별일 아니라는 듯 대답을 했다.

"그러니 은정이 좀 괴롭히지 마라."

"허탈해."

엘시가 혼잣말을 중얼거렸다.

"처, 철벽남이 무너졌다니……."

"연희야, 이건 꿈일 거야? 그렇지?"

김은정의 양팔을 붙잡고 있던 유나와 연희도 허무한 표정을 했다.

"봤죠? 봤지? 내가 왜 폭스야?"

김은정이 슥, 잡혀 있던 팔을 빼냈다. 그런 다음에는 소파에서 일어나 손태명의 옆으로 가 찰싹 붙어 앉았다.

"……"

"……"

엘시와 드림걸즈 멤버들의 시선이 새로운 커플에게 향했다. 엘시와 멤버들이 약속이라도 한 듯 일제히 고개를 떨어뜨렸다.

기세등등하던 태도들은 온데간데없었다. 다들 침묵을 하고 있었다. 김은정은 괜히 미안한 마음이 들었다.

"미, 미안해요. 먼저 솔로 탈출해서. 올여름에 같이 가기로 했던 여름휴가 같이 못 갈 거 같아요."

"염장 지르지 마!"

엘시가 김은정을 노려보았다. 그러고는 팔짱을 끼고 생각에 잠겼다.

한참 동안이나 골똘히 생각에 잠겨 있던 엘시가 손태명을 똑바로 쳐다보았다.

"태명 오라버니?"

"왜?"

"정신적인 충격에 대한 보상을 받고 싶어요."

"보상이라."

손태명이 안경을 고쳐 쓰며 픽 웃었다. 엘시다운 발상이었다.

"일단 들어나 보자."

"우리 프로그램 곧 특집인 거 알죠?"

순간 손태명이 김은정을 쳐다보았다. 김은정의 예상대로 엘시가 '아는 언니들'을 들먹이고 있었다.

김은정이 얼른 손태명의 귓가에 속삭였다.

"거봐요. 내가 뭐라고 했어요? 내 말이 맞죠?"

"저기, 예쁜 사랑하는 건 알겠는데, 둘만의 은밀한 대화는 자제 좀 해주세요."

엘시가 스산한 목소리를 냈다. 그런 다음 척, 손가락 하나를 들었다.

"대가로 우리 프로그램에 출연."

"안 돼."

손태명이 단호하게 의사를 표시했다.

"쳇."

엘시가 혀를 찼다.

"그럼 한번 제대로 깽판 쳐볼까요? 애들아?"

"네! 언니!"

유나가 소파에 대자로 누워 버렸다. 손태명이 눈을 크게 떴다.

"너 뭐 하냐? 유나야?"

"아이고, 편안하다~ 오늘 여기서 자고 가려고요. 왜요?"

"은정아, 오늘 난 너희 집에서 잘게. 저번에 벗어두고 간 수면 바지 아직 있지?"

연희까지 엄포를 놓고 있었다.

"……."

"……."

손태명과 김은정이 서로를 보며 할 말을 잃었다.

이제 막 시작을 하는 단계인 두 사람이었다. 그런데 그 황금 같은 시간을 방해하기 위해 지옥에서 온 비글들이 눈을 치켜뜨고 있었다.

"오빠… 우리 어떻게 해요?"

김은정이 울상을 했다.

"괜찮아. 다 수가 있으니까."

손태명의 말에 김은정의 얼굴로 희망이 깃들었다.

"뭔데요?"

"현우랑 지유."

"네? 현우 오빠랑 지유?"

김은정이 되물었다. 손태명이 고개를 끄덕거렸다. 김은정의 얼굴이 대번에 밝아졌다.

그런 두 사람을 보며 엘시가 씩 웃었다.

"뭔데요? 어디 한번 혹하게 해보세요."

"이번 아는 언니들 특집. 미국에 가서 촬영해."

"미국요?"

엘시가 드림걸즈 멤버들이 입을 모아 물었다. 손태명이 고개를 끄덕거렸다.

"가서 현우랑 지유 근황도 시청자분들한테 전해주면 특집 시청률은 충분하지 않을까 싶은데."

손태명이 제안을 했다. 엘시가 두 귀를 쫑긋했다.

"좋은데요? 그런데 현우 오빠 바쁘지 않아요? 그리고 갑자기 특집이라고 미국으로 가면 송지유 고것이 가만있지 않을 텐데?"

"뒷감당은 내가 하지."

손태명이 차분히 대답을 했다. 김은정의 두 눈동자가 몽롱해졌다.

"우리 오빠 최고! 비타민 아~"

*　　　*　　　*

─후안, 나야.

"응. 친구."

─공항에 도착한 거야?

"이제 막 도착했어."

─후우. 이거 슬슬 걱정인데?

전화기 너머에서 한숨 소리가 들려왔다.

"라이언, 아니, 현우. 걱정 말라니까? 예전의 내가 아닌 거 잘 알잖아?"

─후안, 너를 걱정하는 게 아니야. 우리 멤버들을 걱정하는 거야. 우리 애들 보통이 아니라고 내가 말했었잖아.

"어느 정돈데 매번 그러는 거야?"

─전국소녀 아이들보다 조금 더 활발해. 아니, 어쩌면 아주 많이?

"그럼 재미있겠네."

현우의 말에 후안이 어깨를 으쓱거렸다.

얼마 전, 휴가차 전국소녀 멤버들이 미국을 찾은 적이 있었다.

동양인 소녀들답지 않게 장난기가 넘쳤지만 후안에게 있어서 큰 활력소가 되어준 전국소녀 멤버들이었다.

─괜찮겠어? 내가 일정 좀 당겨볼까?

"걱정 마. 심술쟁이 노인네들만 하겠어?"

─하하. 그런가? 그럼 걱정은 하지 않을게. 그런데 오늘따라 기분이 좋아 보이는데?

"한국 탑 아이돌이 오는 거잖아. 미인은 언제든 환영이라고."

후안이 잔뜩 기대에 차 대답을 했다. 생각만 해도 기분이 좋았다. '뉴 소울'의 직원들도 벌써 환영 파티를 준비하고 있을 정도였다.

─그 마음 변치 않길 바랄게, 후안.

"그래, 현우. 이쪽은 걱정하지 마. 내가 책임을 지고 에스코트할 테니까. 근데 지유랑 언제 LA로 돌아오는 거야?

─막바지 촬영이 이번 주 내로 끝날 거야.

"너도, 지유도 고생 정말 많았다."

─고맙다. 그럼 내가 또 연락할게.

"OK! 가능하면 연락은 하지 말라고?"

─하하. 오케이.

언제나 유쾌한 현우의 목소리가 잦아들며 통화가 끝이 났다.

"공주님들을 맞이하러 가볼까나."

트럭 시동을 끄고 후안이 트럭에서 내렸다.

'뉴 소울'이라는 상호가 적힌 트럭을 뒤로한 채 후안이 춤까지 추며 로스앤젤레스 공항 안으로 향했다.

"오오?"

공항에 들어온 후안이 감탄을 했다. 어디서 소식을 들었는지 미국 내 팬들이 마중을 나와 있었다. 그 숫자도 제법 많았다.

팬들 일부가 후안을 알아보고는 반갑게 손을 흔들었다.

"후후. 이놈의 인기란."

후안이 한껏 신사적인 미소를 지어 보였다.

그사이 공항 게이트가 열렸고, 팬들이 열렬한 환호를 보내기 시작했다.

후안도 덩달아 선글라스를 벗었다. 제작진으로 보이는 사람들과 함께 한눈에 봐도 눈에 띄는 여자들이 모습을 드러내고 있었다.

"고맙다. 현우, 정말 고맙다!"

후안이 기쁨에 찬 미소를 지으며 조용히 피켓을 들었다.

'뉴 소울은 Dream Girls 여러분들을 환영합니다!'라고 적힌 피켓이었다.

"언니! 저 사람이 후안 아니에요?"

연희가 가장 먼저 후안을 발견했다.

"하이~ 헬로~ 안녕!"

팬들에게 손을 흔들어주고 있던 엘시를 비롯해 멤버들의 시선이 일제히 히스패닉 청년에게로 향했다.

"후안이다! TV에서 보던 그대로네요?"

유나가 손가락으로 후안을 가리키며 히히 웃었다.

엘시가 날카로운 눈동자로 후안을 살펴보기 시작했다.

"일단 허우대는 멀쩡한 거 같은데, 왜 저렇게 느끼하게 웃고 있지?"

"저 때문일걸요?"

연희의 말에 엘시가 콧방귀를 꼈다.

"넌 그 근자감 좀 버려. 여기서 너만 예쁜 거 아니거든? 웅?"

"어? 우리 보고 손 흔들어요."

유나가 마주 손을 흔들며 말했다.

"우리 유나 보고 좋아죽는데요?"

"예쁜 여자들만 보면 사족을 못 쓴다던데, 진짜네?"

"누가 그랬는데?"

크리스틴이 엘시에게 물었다.

"지유가 예전에 말해줬어."

"히히. 그럼 우리 말 잘 듣겠다."

유나가 아무 생각 없이 순수하게 말을 했다. 엘시가 고개를 끄덕였다.

"좋아, 얘들아. 일단 가보자."

팬들에게 사인을 조금 더 해준 다음, 엘시가 먼저 후안에게 다가갔다.

"하하하. 현우랑 지유 친구 후안이라고 합니다."

엘시와 멤버들을 마주한 후안이 입이 찢어질 정도로 미소를 머금고 있었다.

영어가 능숙한 크리스틴이 먼저 손을 내밀었다.

"크리스틴이라고 해요. 이쪽은 우리 멤버들이고."

"하하하. 잘 알고 있습니다. WE TUBE로 공부를 했거든요? 짐 들어드릴까요?"

"괜찮아요. 짐이 많아서."

크리스틴이 사양을 했다. 하지만 여기서 물러날 후안이 아니었다.

얼른 엘시와 멤버들의 여행 가방을 챙겨 들었다.

"후회하실 텐데?"

"후회라니요?"

후안이 크리스틴을 보며 되물었다. 크리스틴이 길게 한숨을 내쉬며 말을 이었다.

"대표님한테 우리 이야기 못 들었나요?"

"많이 들었죠."

"그럼 이렇게 잘해주면 안 된다는 걸 알 텐데요? 지옥에서 온 비글들이라고 못 들어봤어요?"

"비글요? 이런, 이런 그쪽들 별명이 비글입니까? 이거 좋은데요? 마침 어렸을 적에 비글을 키웠었거든요. 매일 아침 산책을 시키는 게 제 일이었죠. 하하."

"그 비글이랑은… 많이 다를 텐데."

크리스틴은 시큰둥했다. 반면 후안은 시종일관 잔뜩 들떠 있었다.

"우리 뉴 소울을 찾은 손님들이고 또 현우랑 지유 친구면 저한테도 친구나 마찬가지입니다. 걱정 마세요. 하하."

후안이 엘시와 멤버들을 향해 한쪽 눈을 찡긋해 보였다. 이렇게까지 나오는데 크리스틴도 더 해줄 말이 없었다.

"혹시라도 나중에 쫓아내기 없기에요?"

"설마요? 그럴 일은 절대 없습니다. 하하."

후안이 신이 나서 여행 가방을 끌고는 먼저 앞장을 섰다.

"우리도 가자! 얘들아!"

엘시가 먼저 앞장을 섰다. 그리고 멤버들이 일제히 환호성을 지르며 엘시의 뒤를 따랐다.

"휴우. 저 사고뭉치들."

크리스틴이 길게 한숨을 내쉬었다.

'아는 언니들' 제작진도 불안한 기색을 숨기지 못하고 있었다.

그랬다.

'지옥에서 온 비글들'의 명성을 후안은 아직 모르고 있었다.

*　　　　*　　　　*

빵-빵!

여기저기서 경적 소리가 시끄럽게 울려 퍼졌다.

예로부터 LA의 교통 체증은 미국 내에서도 악명이 높았다. 'Rush Hour' 혹은 '러시아워'라 불리는 악명 높은 교통 체증이 눈앞에서 펼쳐지고 있었다.

트럭 운전대를 잡고 있는 후안이 백미러로 엘시와 멤버들을 살폈다.

"다들 괜찮습니까? 피곤하지 않아요?"

어설픈 한국말에 엘시가 먼저 반응을 했다.

"괜찮아요. 근데 여기 원래 이렇게 길 막혀요?"

엘시의 말을 크리스틴이 서둘러 통역을 해주었다. 후안이
고개를 끄덕였다.

"자주 그러는 편이죠. 특히 LA 시민들 퇴근 시간대면 더?"

크리스틴의 통역을 들은 엘시와 멤버들이 금방 시무룩해졌
다.

장시간 비행기를 타고 겨우 미국에 왔는데, 지독한 교통 체
증이 벌어지고 있었다.

뒷좌석에서 이 상황을 찍고 있는 제작진들도 별반 다를 게
없었다.

그때였다.

빵빵! 빵빵! 뒤쪽에서 경적 소리가 귓가를 두들겼다.

"깜, 깜짝이야! 뭐야?"

엘시가 깜짝 놀라 뒤를 돌아보았다.

뒤쪽의 낡고 낡은 차량에서 영어로 된 온갖 욕설들이 쏟아
졌다.

엘시가 잔뜩 얼굴을 찌푸렸다.

"우리가 가기 싫어서 안 가나? 길 막히는데 어쩌라고?"

엘시의 투정에 후안이 슬쩍 사이드미러로 뒤쪽 차를 살펴보았다.

순간 후안의 표정이 살짝 굳어졌다. 아무래도 LA 뒷골목 쪽의 갱들 같았다.

"멕시코 계열 갱들 아니에요?"

미국 교포 출신인 크리스틴이 대번에 알아보고는 말을 했다.

"그런 거 같네요. 하여간 저 자식들. 그냥 무시하는 게 답입니다."

후안이 선글라스를 썼다. 그러고는 얼른 트럭의 창문을 닫아버렸다.

그사이 막혀 있던 도로가 조금 뚫렸다.

후안의 트럭이 서서히 앞으로 나아가려 하는데, 뒤쪽의 낡은 캐딜락이 갑자기 부앙! 엔진 소리를 내며 트럭의 옆으로 붙어버렸다.

낡은 캐딜락의 창문이 내려갔다. 그리고 그 안에서 아직은 앳된 얼굴을 가지고 있는 청소년들이 마구 욕설을 내뱉기 시작했다.

어찌나 많은 욕을 쏟아내는지 다 알아들을 수도 없을 정도였다.

"퍽? 지금 우리한테 욕한 거지? 조수진?"

엘시가 눈을 가늘게 뜨며 물었다.

크리스틴이 고개를 끄덕거렸다.

"이씨!"

제법 다혈질인 엘시가 창문을 내렸다. 그러고는 상반신을 쑥, 내밀었다.

순간 엘시가 나타나자 욕설을 내뱉던 멕시코 청소년들이 멍해져서 입들을 다물었다.

"……."

"……."

순간 크리스틴의 눈동자가 커졌다. 후안의 옆 좌석에 타고 있던 크리스틴이 황급히 뒤를 돌아보았다.

"유나야! 이다연 끌어내! 여기 미국이야! 위험해!"

"네, 네?"

유나가 망설이는 사이 엘시가 손을 들어 멕시코 청소년들을 가리켰다.

"야! 너희들! 딱 봐도 어려 보이는데! 어디서 욕질이야? 혼나고 싶어?! 너희! 대한민국 여자가 얼마나 무서운지 한번 보여 줘?!"

"……."

"……."

알아들을 수도 없는 한국말에 멕시코 청소년들이 잠깐 당황해했다.

대신 흐뭇한 표정으로 엘시에게 작업을 걸기 시작했다.

그 순간 엘시의 옆에서 제시가 튀어나왔다.

"Shut up! ×××! ××××! ××! ×××! ××××! ××××! Ok?"

요즘 한창 여성 래퍼로 인기를 끌고 있는 제시다운 찰진 욕이 쏟아졌다.

멍을 때리고 있던 멕시코 청소년들의 표정이 새빨갛게 물들었다.

"저, 저기요?! 여러분?!"

후안이 충격에 입을 떡 벌렸다. 어지간한 미국 갱스터 래퍼들도 따라하지 못할 욕을 쏟아낸 것이다.

"What? What?!"

후안만큼이나 멕시코 청소년들도 충격을 받은 상태였다.

처음에는 엘시를 보고 그 미모에 놀랐다. 그리고 나타난 제시를 보며 또 놀랐는데, 돌직구로 욕설들이 쏟아졌다.

"F, fuck you! Kill you! Pu××××!"

멕시코 청소년 한 명이 갑자기 권총을 꺼내 들었다.

"어? 총이다?"

유나가 동그랗게 눈을 뜨곤 손을 들어 권총을 가리켰다.

"야! 저거 진짜 총이야!"

크리스틴이 경악을 하며 소리쳤다.

"쟤네 끌어내! 빨리!"

크리스틴이 다시 한번 소리를 쳤다. 유나는 그저 신기하다는 듯 웃고만 있었다.

"꺄아악!"

뒤늦게 상황을 파악한 연희와 나나 같은 멤버들이 비명을 지르며 서둘러 엘시와 제시를 끌어내렸다.

크리스틴이 재빨리 후안의 팔을 흔들며 소리쳤다.

"후, 후안! 달려요! 달려!"

"Oh! My god!"

후안이 절규를 하며 액셀을 풀로 밟아버렸다. 부앙! 굉음을 토해내며 후안의 트럭이 질주를 하기 시작했다.

탕! 탕! 탕!

총소리가 마구 울렸다. 트럭 안이 비명 소리로 가득했다.

"Oh! Please!"

후안이 정신없이 트럭을 몰았다.

얼마나 달렸을까, 후안이 간신히 정신을 차렸다.

"따, 따, 따라옵니까?"

후안이 식은땀을 흘리며 물었다.

"아, 아뇨? 아닌 것 같아요."

크리스틴이 고개를 저었다.

크리스틴 역시 놀란 가슴을 쓸어내리고 있었다. 겨우 진정을 한 후안이 뒷좌석을 살펴보았다.

다행히 아무도 다친 사람이 없어보였다. 트럭도 멀쩡했다.

아마 위협용으로만 총격을 가한 것 같았다.

"꺄하하! 완전 재미있었어요! 할리우드 영화 같지 않았어요? 방금?"

"놀이 기구보다 더 재미있어!"

유나와 연희가 신이 나서 발을 동동 굴렀다.

다른 멤버들도 색다른 경험에 발갛게 얼굴들이 상기되어 있었다.

"……"

"……"

사건의 주범인 엘시와 제시는 별다른 말이 없었다. 크리스틴이 잔뜩 화가 나서 뒤를 돌아보았다.

"이다연! 너 미쳤어! 여기 미국이야, 미국! 하루에도 총기 사고가 몇 번이나 나는 위험한 곳이라고!"

크리스틴이 진심으로 화를 내고 있었다. 엘시가 미안한 표정을 지었다.

"미안. 순간 너무 화가 나서 그랬어. 머리에 피도 안 마른 것들이 유관순 열사의 후손을 건드리잖아. 미안해, 수진아. 응?"

안 부리던 애교까지 부려대자 크리스틴의 화가 조금이나마 누그러졌다.

제시도 멋쩍어하며 볼을 붉혔다.

영어로 도발을 하며 불이 난 집에 기름을 부은 건 바로 본인이었다.

크리스틴이 차가운 표정으로 제시를 노려보았다.

"징글징글 비글즈? 너도 징글징글해. 이 비글아!"

"Sorry, 크리스."

"미안, 수진스."

엘시와 제시가 동시에 사과를 해왔다. 결국 크리스틴이 표정을 풀었다.

"이번 한 번만이야. 우리 대표님 오시기 전까지 다들 조용히 있어."

"네!"

유나가 힘차게 소리를 쳤다. 크리스틴이 입술을 깨물었다.

"네가 제일 문제야!"

"미, 미안해요, 언니. 근데 진짜 재미있긴 했어요. 총소리도 처음 들어보고 히히."

유나의 말에 연희가 제시를 향해 엄지를 척 들어 보였다.

"제시 언니, 걸크 쩔었어요! 갱이랑 맞선 여성 래퍼! 제시!"

"내 친구지만 좀 멋있었다. 잘했어, 제시."

"…진짜야?"

"당연하지! 역시 어울림 최고 래퍼라니깐?"

엘시가 한껏 제시를 치켜세웠다. 그런 다음에는 뒷좌석의 제작진을 살펴보았다.

"언니들? 방금 총격전이랑 추격전 찍었어요? 찍었죠?"

"찍, 찍긴 찍었는데, 이걸 방송에 어떻게 내보내? 다연아?"

"아, 그런가?"

엘시가 대수롭지 않다는 듯 웃었다.

"내 팔자야."

크리스틴이 이마를 짚고는 그 어느 때보다도 길게 한숨을 내쉬었다.

미국 일정 첫날부터 정말이지 영화에서나 나올 법한 일이 벌어졌다.

그러다 크리스틴과 후안의 눈이 마주쳤다.

"후안, 정말 미안해요."

"……"

"미안해요."

크리스틴이 목소리가 모기처럼 작아져 갔다.

"괘, 괘, 괜찮습니다. 살다 보면 이런 일도 한 번쯤은 겪는 거죠. 하하."

"…이제 시작이에요."

"쿠, 쿨럭."

후안이 헛기침을 토해내었다.

'지옥에서 온 비글들'이라는 별명이 순간 뇌리 속을 스치고 지나갔다.

그리고 무서울 것 없는 천하의 김현우가 왜 그렇게 미안해 하고 걱정을 했는지도 조금이지만 이해가 가기 시작했다.

"후안! 가게 언제쯤 도착해요?"

"왜, 왜, 왜요?"

"어? 후안 좀 변했다."

엘시가 멤버들에게 그새 일러바쳤다.

"후안, Are you ok? I'm fine."

유나가 되도 않는 영어를 구사했다.

후안이 애써 웃으며 입을 열었다.

"F, fine."

"I'm hungry! 후안!"

유나가 배를 어루만지며 애처로운 표정을 했다.

뒤이어 여기저기서 배고프다는 말들이 합창처럼 쏟아졌다.

'Shit!'

후안이 속으로 욕지거리를 내뱉었다. 그러고는 질끈 두 눈 을 감아버렸다.

　　　　　*　　　*　　　*

끼이익.

초록색 트럭이 '뉴 소울'이라는 간판이 달린 레스토랑 앞에서 멈추어 섰다.

뒤이어 제작진의 차량들도 연이어 들어섰다.

"얘들아! 여기가 말로만 듣던 뉴 소울이야! 뉴 소울!"

가장 먼저 트럭에서 내린 엘시가 가게 앞에 서서 크게 소리쳤다.

유나가 눈동자를 빛내며 엘시의 옆으로 섰다.

"우리 사진 찍어요, 사진!"

"기념 셀카? 좋지!"

연희가 다른 멤버들의 팔짱을 끼고는 엘시와 유나의 옆으로 섰다.

"지치지도 않는다고?"

트럭에서 짐을 내리고 있던 후안이 엘시와 멤버들을 보며 길게 한숨을 내쉬었다.

한국에서 미국까지 꽤 장시간 비행기를 탔을 텐데도 다들 지친 기색 하나 없었다.

지친 건 후안 자신뿐인 것 같았다.

후안이 짐을 내리고 있는 크리스틴을 쳐다보며 물었다.

"원래 저렇게 다들 하이 텐션입니까?"

"비행기 타고 와서 오늘은 좀 덜한 거예요."

"······."

할 말을 잃은 후안이었다. 반면 크리스틴은 익숙해 보였다.

"당분간 고생 좀 하실 거예요. 저라도 도와드릴게요."

"가, 감사합니다."

순간 크리스틴이 천사로 보이는 후안이었다.

"조수진! 빨리 와!"

엘시가 성화를 부렸다.

짐 가방 몇 개를 더 내린 다음에 크리스틴이 멤버들 곁으로 합류했다.

"후안! 우리 사진 찍어줘요! 빨리!"

뒤이어 유나가 재촉을 했다.

언어는 통하지 않았지만 기가 막히게 뜻을 알아차린 후안이 핸드폰을 받아 들었다.

"찍습니다!"

찰칵, 찰칵.

후안이 정성스레 사진을 찍어주었다.

그런 다음에는 제작진을 둘러보았다. 제작진은 아까 전부터 LA에 새 둥지를 튼 뉴 소울을 다각도에서 카메라에 담고 있었다.

"후안, 인터뷰 좀 딸게요."

작가 몇 명이 후안을 찾았다.

오래전 뉴욕에서 송지유가 '도시의 법칙'을 촬영할 때 안면이 있었던 작가들이 이번 프로그램에도 제법 섞여 있었다.

후안이 흔쾌히 고개를 끄덕였다.

"당연하죠. 한국 방송이라면 언제든 환영입니다. 하하."

"좋아요. 후안, 뉴욕 때랑은 느낌이 전혀 다른데요?"

"그렇죠? 하하."

후안이 뿌듯한 표정을 지어 보였다.

뉴욕에서 장사를 할 때만 해도 뒷골목의 허름한 건물을 빌려 장사를 해야 했었다.

후안이 뉴 소울을 가리키며 입을 열기 시작했다.

"아시는 분들은 알겠지만, 뉴욕 쪽 건물이 재공사에 들어가면서 갈 곳을 잃은 처지였었죠. 하마터면 저나 영감님들이나 거리에 내앉을 뻔했다니까요? 그런데 지유와 현우, 우리 두 사장님들이 큰 도움을 주었습니다. 물론 스코필드 영감님도 포함을 해서 말입니다."

"조사를 해봤는데, LA 부촌에서도 손에 꼽히는 레스토랑이라던데요?"

"하하. 벌써 알아봤어요? 맞습니다. 탁월한 요리 실력과 멋진 음악들이 곁들어진 환상적인 레스토랑이 바로 이곳 뉴 소울이죠."

"후안, 너무 멋있어요."

"성공했구나? 후안도?"

작가들이 달라진 후안을 보며 눈동자들을 빛냈다.

뉴욕 빈민가의 가난한 청년이 이제는 미국 요리 경연 프로 그램에도 출연을 한 유명 요리사가 되어 있었다.

"현우만큼 저도 성공을 한 셈이죠. 다들 어느 정도 예상하지 않았어요? 하하."

허세를 부리며 딱히 사양을 하지 않는 후안이었다.

그렇게 한껏 느끼한 표정을 짓던 후안의 표정이 무심결에 한쪽으로 향했다.

"......"

"......"

여행 가방을 들고는 엘시와 멤버들이 뚫어져라 후안을 쳐다보고 있었다.

"후안. Hungry~ Please!"

"Rice! Rice!"

애처로운 눈동자들을 한 채로 엘시와 멤버들이 성화를 부리고 있었다.

이미 오랫동안 프로그램을 같이했던 작가들이 웃기 시작했다.

"쿨럭."

하지만 후안의 웃음기는 조금씩 사라져 갔다.

＊　　　　＊　　　　＊

똑똑.

후안이 굳게 닫힌 뉴 소울의 문을 두드렸다. 'Closed'라 적힌 커다란 문이 기다렸다는 듯 활짝 열렸다.

"오! 한국에선 온 Beautiful Lady's! 뉴 소울에 오신 걸 환영합니다!"

팡! 팡!

파블로와 후안의 다른 친구들이 헤벌쭉 웃으며 연이어 환영의 폭죽을 터뜨렸다.

"깜짝 이벤트다!"

유나가 신이 나서 소리를 쳤다.

엘시와 다른 멤버들도 뉴 소울 직원들의 환대에 한껏 들떴다.

"환대해 주셔서 감사합니다. 뉴 소울 여러분."

크리스틴이 영어로 말을 하며 고마움을 표시했다. 엘시가 멤버들을 둘러보았다.

"얘들아?"

엘시의 한마디에 멤버들이 일렬로 섰다. 순간 엘시와 멤버들이 걸 그룹 포스를 뿜어내기 시작했다.

"하이~ 헬로! 안녕!"

"우리는 징글징글! 비글즈입니다!"

"오오! 예쁘다!"

"예뻐! 예뻐!"

한국 걸 그룹 인사법에 파블로와 친구들의 입가에 함박 미소가 지어졌다.

유명 배우들과 셀럽들이 평소 뉴 소울을 자주 찾기는 했지만, 동양 특유의 신비한 매력에 파블로와 친구들이 넋이 나가 있었다.

"······."

오직 후안만이 웃지 못하고 있었다.

그리고 후안의 표정이 무언가 이상함을 눈치챈 절친 파블로가 탁, 어깨를 쳤다.

"후안! 우리 한동안 행복하겠다! 영감들 비위 맞추기 더럽게 힘들었잖아."

"...과연 그럴까?"

"뭐야? 그 부정적인 태도는? 네가 제일 좋아했던 거 아니었어?"

신이 나서 가게를 둘러보는 엘시와 멤버들의 눈치를 살피며 후안이 속삭이기 시작했다.

"…공항에서 가게로 오다가 총격전이 벌어졌어."

"뭐라고? 정말?"

파블로를 비롯해 친구들이 깜짝 놀랐다.

미국에선 충분히 있을 수 있는 일이긴 했지만 하필 오늘 같은 날 그런 일이 벌어지다니 놀랄 수밖에 없었다.

"왜? 무슨 일이었는데?"

파블로가 다급히 물었다.

후안의 시선이 가게를 살펴보고 있는 엘시와 멤버들에게로 향했다.

"저 여자들과 맥시코 갱들 간에 시비가 붙었었어."

"……?"

파블로와 그 친구들이 이해가 되지 않는다는 표정을 했다.

만화 속에서 튀어나온 것만 같은 가녀린 여자들이 맥시코 갱들과 시비가 붙었다니, 좀처럼 믿기지 않았다.

"한국 사람들은 지옥에선 온 비글들이라고 부른다니까, 다들 사고 치나 안 치나 각별히 조심해라."

후안의 표정이 그 어느 때보다도 진지했다. 그러다 후안과 유나의 시선이 마주쳤다.

"후안? 배고파요. Very hungry!"

유나가 배를 쓸어내리며 환하게 웃었다.

해맑은 그 모습을 보며 파블로가 후안의 뒤통수를 쳤다.

"에이! 설마!"

"후안, 너 혼자 친해지려고 쇼까지 하냐? 적당히 해라."

"하여간 후안 이 자식, 여자라면 그저."

파블로를 비롯해 다른 친구들까지 후안을 비난하기 시작했다.

"진짜라니까? 저 여자들하고 비교하면 지유는 천사였어! 천사!"

하지만 친구들은 후안의 말을 전혀 듣지 않고 있었다.

그사이 엘시는 뉴 소울의 영감들을 찾고 있었다.

"지유가 말했던 할아버지들은 어디에 있지?"

마침 영업용 턱시도를 차려입은 채 블랙잭과 영감들이 2층 대기실에서 내려오고 있었다.

"뭐가 이렇게 소란스러워?! 장사 준비들 안 할 거야?"

블랙잭이 빽 소리를 지르다가 엘시와 눈동자가 마주쳐 버렸다.

"…넌 누구냐?"

"저요? 지유랑 아주 친한 언니입니다. 아, 지유's sister! Me! Me!"

"지유?"

송지유를 친손녀같이 생각하는 블랙잭과 영감들이 엘시에

게 큰 호기심을 보였다.

엘시가 꾸벅, 인사를 했다.

"하이~ 헬로? 애들아! 여기 지유 할아버지들 있다! Come on!"

"안녕하세요!"

멤버들이 우르르, 블랙잭과 영감들의 앞에 서서 꾸벅 고개를 숙였다.

"후후. 귀여운 아가씨들이구만?"

블랙잭과 영감들이 흐뭇하게 그녀들을 바라봤다.

*　　　　*　　　　*

"후안! 이놈아! 서둘러라! 요리 경력이 몇 년인데, 그 쉬운 요리 하나 빨리 못 내오는 거냐!"

"굼벵이 같은 놈! 이러니 현우랑 비교를 안 할 수가 있나!"

"쯧! 우리 손녀들이 배고프다는데! 서두르지 못할까?!"

블랙잭과 영감들이 연신 후안을 채찍질했다.

송지유처럼 드림걸즈 멤버들도 어느새 영감들을 포섭한 상태였다.

"아니, 빌어먹을! 내가 무슨 핫도그 자판기입니까? 사람이 몇 명인데 어떻게 뚝딱 요리들이 나와요? 예?"

후안이 성질을 내다 오픈 키친 밖 풍경을 홱 쳐다보았다.

드림걸즈 멤버들이 포크를 들고는 실망스러운 표정을 하고 있었다.

"후우."

그 눈동자를 마주하자 차마 더 뭐라고 할 수가 없었다. 후안이 질끈 두 눈을 감았다.

'참자. 오늘만 넘기면 될 거야. 참자.'

잠시 후, 후안이 완성된 요리들을 내놓았다.

각종 파스타에 화려한 스페인 요리들이 펼쳐졌다.

"대박! 진짜 맛있겠다!"

유나가 군침을 흘려댔다.

나름 후안을 경계하고 있던 엘시도 이번만큼은 인정을 하지 않을 수가 없었다.

"유명 셰프님이 맞네요?"

"후안, 고마워요. 수고했어요."

크리스틴이 대표로 감사 인사를 했다.

"맛있게들 먹어요."

엘시와 멤버들의 식사가 시작이 되었다.

혹시 못 먹는 음식은 없나 확인을 하고는 후안이 앞치마를 벗었다.

오픈 키친을 정리하고 설거지도 한 후에 후안이 다시 고개를 돌렸다.

순간 후안은 두 눈을 의심했다.

"다, 다 먹었다고?"

불과 10분도 되지 않아 그릇이 깨끗하게 비워져 있었다. 후안이 멍한 얼굴을 했다.

"배, 배가 고파서. Sorry, very, very hungry."

유나가 미안해하며 말까지 더듬었다.

"뭐 하냐? 더 안 만들 거야?"

블랙잭이 후안을 타박했다.

"……."

순간 후안의 이마에 핏줄이 돋아났다가 빠르게 사라졌다.

카메라 여러 대가 지금 이 장면을 찍고 있었다.

*   *   *

촬영 일정은 빡빡했다.

노을이 지는 저녁 무렵, 초록색 트럭이 베벌리힐스 거리를 달리고 있었다.

"후안, 왜 말이 없어요?"

크리스틴이 조심스레 후안에게 물었다.

운전대를 잡고 있던 후안이 슬쩍 백미러로 뒤쪽을 살폈다.

"한 박자 쉬고! 하나! 둘! 셋! 넷! 오징어 쿵쿵따!"

자그마한 금발 머리의 리더가 주도적으로 멤버들을 데리고 괴상한 게임을 진행하고 있었다.

트럭 안이 시끌벅적했다.

후안이 슥 고개를 돌려 크리스틴을 쳐다보았다.

"크리스틴은 어떻게 버티는 겁니까?"

"적응을 한 거죠. 소란스럽고 분주하긴 하지만, 재미있잖아요?"

"……"

후안이 정색을 했다.

왠지 크리스틴이라는 이 여자도 정상은 아닌 것 같다는 생각이 들었다.

어느새 초록색 트럭이 목적지 앞에서 멈추었다.

"자. 다들 내립시다."

후안이 먼저 트럭에서 내렸다. 그러고는 눈앞에 펼쳐진 거대한 야외 공연장을 살펴보았다.

노을에 물든 거대한 공연장 안엔 벌써 수많은 인파들이 자리를 잡고 있었다.

노을과 함께하는 평화로움 속에서 왠지 모를 뜨거운 열정들이 느껴졌다.

"왜 이렇게 조용해?"

혼잣말을 중얼거리며 후안이 뒤를 돌아보았다.

"……"

"……"

엘시와 멤버들이 언제 그렇게 소란스러웠냐는 듯 조용히 거대 야외 공연장을 쳐다보고 있었다.

사뭇 진지한 모습에 후안이 다 적응이 안 될 정도였다.

"당연한 건가."

후안이 금방 수긍을 했다.

Hollywood Bowl.

LA의 숨겨진 보물, 혹은 꿈의 공연장이라 불리는 세계 최고의 거대 공연장이었다.

할리우드 볼은 비틀즈를 비롯해 롤링스톤즈 등 지금까지 수많은 장르의 전설적인 가수들이 공연을 펼친 곳이었다.

"우리도 여기 서보고 싶다."

엘시가 노을로 색칠된 할리우드 볼을 바라보며 말했다.

다른 멤버들도 엘시와 같은 마음들이었다.

"불가능하겠죠?"

연희가 물었다. 크리스틴이 천천히 고개를 끄덕거렸다.

"아쉽지만 그럴 거야."

"우리가 더 노력해야겠다."

유나도 아쉬움을 숨기지 못했다.

내내 하이 텐션이던 드림걸즈 멤버들이 축 처지자 작가 한 명이 다가왔다.

"그래도 오늘 공연에 미스 J가 온다니까 다들 힘내자! 응?"

"그래요!"

리더답게 엘시가 먼저 분위기를 끌어 올렸다.

"언니, 표는 있었어요? 갑자기 구하기가 쉽지는 않았을 텐데?"

엘시가 물었다. 작가가 오케이 사인을 보냈다.

"응. 매진이라고 해서 못 구할 줄 알았는데, 다행히 특별 VIP석을 구했어."

"어떻게요?"

크리스틴이 깜짝 놀라 물었다.

보통 할리우드 볼에서 펼쳐지는 공연의 티켓은 구하기가 하늘의 별 따기나 마찬가지였다.

심지어 돈이 있다고 쉽게 좌석을 구할 수 있는 공연도 아니었다.

작가가 밝게 웃었다.

"너희들이 잠깐 잊은 게 있나 본데, 너희 대표님이 누구더라?"

"김발놈?"

엘시가 장난스럽게 대꾸했다. 제작진이 다들 크게 웃었다.

"김송딱!"

"김태식!"

유나와 연희가 연이어 현우의 별명을 거론했다. 엘시가 고개를 저었다.

"아냐, 아냐, 김발놈이 어감도 제일 좋고 딱이라니까? 아니, 우리가 미국에 왔는데 코빼기도 안 보이고 진짜 뭔데? 그저 송지유밖에 모른다 이거지?"

엘시가 뒤늦게 불만을 터뜨렸다.

"맞아! 김발놈!"

유나가 얼른 엘시의 말에 동조를 했다.

"하하! 김발놈이라? 오랜만에 들어보니까 귀에 착착 감기는데?"

"……!"

엘시가 깜짝 놀라며 뒤를 돌아보았다. 엘시의 눈동자가 점점 커졌다.

"어? 어? 어?! 오빠가 여기 왜 있어요?"

모든 이들의 시선이 엘시의 손가락을 따라갔다. 그리고 그곳에 슈트 차림의 현우가 우뚝 서 있었다.

깜짝 놀라 있는 엘시와 멤버들을 눈 안에 가득 담으며 현우가 항상 그랬던 것처럼 피식 웃었다.

"다들 오랜만이다? 설마 날 잊은 건 아니겠지?"

　　　　　＊　　　　＊　　　　＊

"대표님! 대표님!"

유나가 가장 먼저 쪼르르 달려가 현우의 한쪽 팔에 매달렸다.

"나도! 나도!"

연희도 어느새 현우의 팔에 매달려 반가움을 표시했다.

여전히 천방지축인 유나와 연희를 보며 현우가 빙그레 웃었다. 그러고는 엘시와 다른 멤버들을 살펴보았다.

"다들 그동안 잘 지냈지?"

"아뇨?"

"아니야?"

엘시가 고개를 젓자 현우가 의외라는 표정을 했다. 엘시가 짧게 한숨을 내뱉었다.

"한국 소식 들었죠?"

"한국 소식?"

되묻던 현우의 얼굴에 서서히 웃음이 번져갔다.

현우가 다시 입을 열었다.

"태명이랑 은정이 말하는 거지?"

"맞아요."

"하하. 나도 태명이 자식한테 짤막하게 연락만 받았어. 정말로 그 두 사람, 만나는 거야?"

현우가 엘시를 비롯해 멤버 전원에게 물었다. 엘시와 멤버들이 일제히 고개를 끄덕끄덕거렸다.

"꼴사나워서 죽겠어요."

"하하. 왜? 어떤데?"

"은정이 고것은 불여우 행세를 하지 않나, 태명 오라버니는 비타민 중독자가 될 것 같아요."

"비타민 중독?"

현우가 고개를 갸웃했다.

"착한 일 했으니까 우리 오빠 비타민 하나~"

엘시가 간드러진 목소리를 내며 애교를 부려댔다.

현우가 얼굴을 찌푸리다 하하 웃었다. 대충 상상이 갔다.

"이제 오빠랑 지유마저 한국으로 오면, 서러워서 어디 살겠어요?"

엘시가 툴툴거렸다. 다른 멤버들도 입을 삐죽 내밀었다.

"그리고 언제 한국으로 올 건데요? 무슨 회장님이 미국에만 있어요? 이렇게 얼굴 보기가 어려워서야 어쩔 거예요? 소속 일꾼들은 서럽습니다, 서러워."

엘시가 두 손을 들어 엉엉 우는 시늉을 했다. 그리고 그걸 또 멤버들이 고스란히 따라하고 있었다.

제작진이 괜히 긴장을 하고는 일제히 카메라를 현우 쪽으로 돌렸다.

"오랜만에 보자마자 미안해지는데?"

엘시와 멤버들의 귀여운 투정에 현우가 빙그레 웃기만 했다.

연이은 투정에도 현우가 그저 웃자 엘시도 환하게 웃었다.

"보고 싶었어요, 오빠."

"나도."

"미국식으로 포옹 한번?"

엘시가 제안을 했다.

현우가 피식 웃으며 고개를 끄덕였다. 엘시가 현우의 품에 살짝 안겼다.

"송지유가 이거 보면 나 죽이려고 하겠다."

"아마도?"

"그러면 나만 죽을 수는 없으니, 다들 이리 와!"

"야호!"

멤버들이 장난스럽게 환호를 하며 하나둘, 현우에게 안겨들었다.

엘시와 멤버들의 장난기에 현우가 쓴웃음을 머금었다. 그러다 후안과 눈이 마주쳤다.

"후안? 너 우냐?"

후안의 눈동자가 왠지 모르게 붉어져 있었다. 현우가 걸음을 옮겨 후안에게로 다가갔다.

"후안? 무슨 일 있었어?"

현우가 묻자 후안이 현우를 와락, 끌어안았다.

"뭐야, 갑자기?"

"현우, 난 오늘 너무 힘든 하루를 보냈어."

"뭐?"

"나 말이야. 난생처음 총격전도 겪었어."

"……?"

현우가 어리둥절한 표정으로 엘시와 멤버들을 쳐다보았다.

엘시와 멤버들이 괜히 노을에 물든 하늘을 올려다보며 딴청을 부리고 있었다.

*   *   *

"회장님은 미국에서도 유명한가 봐?"

"그러네? 와아~"

제작진과 작가들이 현우의 뒷모습을 바라보며 연신 감탄을 했다.

할리우드 볼에서 펼쳐진 공연을 관람하기 위해 수많은 인파가 줄을 서고 있었다.

그런데 현우가 등장을 하자 할리우드 볼 공연장 쪽 관계자들이 경호원을 대동한 채 등장했고, 일행을 VIP 좌석으로 안내하기 시작했다.

"라이언 사장님, 저희 할리우드 볼에 잘 오셨습니다. 오시는 길은 편안하셨습니까?"

"네, 뭐. 그나저나 오늘따라 관객들이 많은데요?"

"Sun film의 젊은 사장님이 오셔서 그런 거 아니겠습니까?"

"그런가요?"

현우가 공연 관계자를 보며 피식 웃었다. 그리고 그 모습을 제작진이 카메라에 모두 담고 있었다.

영어로 대화를 하는 통에 자세한 대화 내용을 알아들을 수는 없었지만 다들 현우를 어려워하는 게 눈에 들어왔다.

그리고 그 속에서 현우는 당당함 그 자체였다.

꼭 넓은 등 뒤로 후광이 비추는 것만 같았다. 제작진도 그렇고 엘시와 멤버들도 현우가 자랑스러웠다.

"멋있다, 우리 회장님."

유나가 초롱초롱 눈동자를 빛냈다. 현우가 그런 유나를 보며 피식 웃다 입을 열었다.

"미스 J 대기실 가볼까? 다들 어때?"

"좋아요! 대표님!"

크리스틴의 얼굴이 환해졌다.

미스 J라면 요즘 미국에서 인기가 급상승 중인 가수였다.

한국에서도 제법 팬들이 있었고, 그 노래도 세계적으로 인기를 끌고 있었다.

"회장님, 정말 미스 J를 볼 수 있는 건가요?"

메인 작가가 기대에 차 현우에게 물었다.

현우에 이어 미스 J까지 카메라에 담을 수 있다면 '아는 언니들' 시청률은 보장된 셈이나 마찬가지였다.

현우가 대수롭지 않다는 표정을 했다.

"네, 당연하죠."

그사이 현우가 할리우드 볼 공연장의 관계자에게 귓속말을 했다.

제작진은 물론 엘시와 멤버들도 숨을 죽였다.

연신 고개를 끄덕이던 관계자가 흔쾌히 승낙을 했다.

"그래요? 그럼 가시죠. 아직 공연까지 시간이 충분히 남아 있으니까 괜찮을 겁니다."

"감사합니다."

현우가 감사를 표시했다.

일이 수월하게 진행되자 작가들이 호들갑을 떨며 비명을 터뜨렸다.

"회장님 나이스 샷!"

연희의 장난스러운 말에 현우가 그저 하하 웃었다.

VIP 좌석으로 향하는 복도를 지나 오른쪽으로 돌자 대기실이 보였다.

대기실 앞은 보안이 철저했다. 커다란 덩치의 경호원들이 대기실을 지키고 있었다.

삼엄한 분위기에 괜히 위축이 되었다.

현우의 옆에서 걷고 있던 유나가 현우의 팔을 흔들었다.

"회장님, 저 사람들 총 있는 거 아니에요?"

"있지. 경호원들인데."

"으으."

오늘 있었던 총격전이 생각나 유나가 현우의 등 뒤로 숨어 버렸다.

마침 경호원들이 현우 일행을 발견하곤 고개를 돌렸다.

불곰 같은 덩치를 가진 경호원들의 험악한 시선이 쏟아지자 엘시와 멤버들, 그리고 작가들도 잔뜩 움츠러들었다.

오직 현우만이 대수롭지 않게 걸음을 옮겼다. 그리고 신기한 일이 벌어졌다.

불곰을 연상시키는 경호원들이 현우를 발견하곤 정중하게 길을 비켜준 것이다.

그때였다.

대기실 문이 활짝 열렸다. 그러고는 화려한 복장을 갖춘 히스패닉 계열의 여자가 튀어나왔다.

세계적인 Sexy Diva의 등장에 남성 제작진들은 어디다 눈을 둬야 할지 난감해했고, 엘시와 멤버들, 그리고 작가들은 눈동자가 휘둥그레졌다.

"Hey! 라이언!"

대뜸 미스 J가 현우를 껴안아 버렸다.

미국식 인사치곤 과한 스킨십에 엘시와 멤버들이 눈을 크게 떴다.

그리고 너무 순식간에 벌어진 일이라 차마 어쩔 수가 없었다.

현우를 꼭 껴안은 미스 J가 환하게 웃었다.

"나 보러 온 거지? 그렇지? 그 독한 년이랑 헤어졌어? 응? 그런 거야?"

"워워. 제이나."

현우가 간신히 미스 J를 때어내곤 곤란한 얼굴을 했다.

"헤어졌지? 응?"

"아니? 그럴 일은 없을 거라는 거 잘 알잖아."

현우가 쓰게 웃으며 대답했다.

미스 J가 실망스러운 표정을 했다.

"사실 기대도 안 했어. 아깝네. 그냥 한번 안아나 본 거야. 어쨌든 보러 와줘서 고마워. 어? 근데 뒤에?"

뒤늦게 엘시와 멤버들, 그리고 제작진을 발견한 미스 J가 고개를 갸웃거렸다.

"아, 한국 방송사에서 온 제작진분들이야."

제작진을 살펴보다 미스 J가 엘시와 멤버들 쪽으로 시선을 돌렸다.

엘시도 그랬고 멤버들도 미스 J를 바라보는 표정들이 호락호락하지 않았다.

그러다 엘시와 눈동자가 마주쳤다.

잔뜩 불만스러운 표정을 하고 있던 엘시가 이때다 싶어 현우에게 다가와 팔짱을 꼈다.

"하이? 헬로? 난 엘시고, 현우 오빠 여동생. Sister, very important sister."

"Sister?"

여동생이면 여동생이지, 아주 중요한 여동생이라는 뼈 있는 말에 미스 J가 얼굴을 찌푸렸다.

뭐랄까, 꼭 송지유같이 불편한 기운이 느껴졌다.

더군다나 친근하게 현우와 팔짱까지 끼고 있었다.

송지유라는 넘을 수 없는 존재까지 있던 차에 엘시가 등장을 하자 미스 J는 한껏 짜증이 났다.

"라이언, 이 쪼그만 땅콩 같은 계집은 또 누군데, 너랑 친한 척을 하는 거야?"

"땅콩? 지금 말 다했어요?"

크리스틴이 차가운 표정으로 따지고 들었다.

"어? 영어 알아듣네?"

아차, 싶었지만 미스 J는 왠지 지기가 싫었다. 엘시와 멤버들의 시선들이 불량스러웠기 때문이었다.

"왜? 뭐라고 했는데?"

엘시가 크리스틴에게 물었다.

"너보고 땅콩이래."

"땅콩? 땅콩?!"

엘시가 눈을 치켜뜨고는 미스 J를 노려보았다. 그러고는 픽, 비웃음을 흘렸다.

"지는 우리 오빠한테 꼬리나 치는 주제에."

"너 뭐라고 했어?"

한국어로 알아들을 수는 없었지만 이상하게도 대충 어떤 말을 했는지 이해가 되었다.

"이, 이건 또 무슨 상황이야?"

후안은 여러모로 당황스러웠다. 그러다 경호원들의 허리춤에 꽂혀 있는 권총이 눈에 들어왔다.

후안이 식은땀을 흘렸다.

"설마 또?"

오늘 낮에 있었던 총격전을 떠올리며 후안이 진저리를 쳤다. 정말이지 징글징글맞은 여자들이었다.

후안이 간절한 눈빛으로 현우를 쳐다보았다.

"혀, 현우? 어떻게 좀 해봐. 엉?"

조용히 상황을 지켜보고 있던 현우가 엘시와 미스 J의 가운데 끼어들었다.

"다연아, 동갑내기끼리 친하게 지내야지. 안 그래?"

현우가 가장 먼저 엘시를 달랬다. 그러고는 미스 J도 달래기 시작했다.

"제이나, 친구야, 친구. 알았어?"

"땅콩이 나랑 동갑이야? 세상에."

"땅콩이라고 했지? 너? 야! 이 아줌마야! 아줌마가 영어로 뭐야? 조수진?"

엘시와 미스 J가 서로를 보며 으르렁거렸다.

"우리 언니, 건드리지 마!"

"키가 작은 건 죄가 아니거든!"

엘시의 좌우에 유나와 연희가 섰다. 그리고 다른 멤버들까지 합류를 해 미스 J를 노려보았다.

"쪽수로 승부하겠다 이거야? 나도 밀리지 않거든?"

미스 J의 백댄서들이 가세를 했다.

한편 현우는 그 모습을 보며 끅끅 웃음을 참고만 있었다.

이제야 엘시와 멤버들이 미국으로 온 게 실감이 났다.

*   *   *

저녁노을에 물든 할리우드 볼 공연장 안에 관객들이 가득 들어차 있었다.

한편, 이번 공연에 특별하게 마련된 VIP 좌석에는 현우 일행이 앉아 있었다.

"하하."

"뭐가 그렇게 웃겨요?"

연신 웃고 있는 현우를 보며 엘시가 툴툴거렸다.

현우가 웃음기를 머금은 채로 엘시와 멤버들을 쳐다보았다.

"그냥 엘시와 아이들답다는 생각이 들었어. 그리고 제이나를 볼 때마다 다연이 네 생각을 했거든."

"네에? 그 아줌마랑 나를요?"

엘시가 현우를 마주 보며 정색을 했다. 현우가 씩 웃었다.

"그냥 제이나를 보면 다연이 네 생각이 나더라고, 좀 비슷한 거 같기도 하고."

"뭐가 비슷해요? 난 귀엽고 깜찍함 그 자체인데? 저 엉덩이만 큰 아줌마랑 비교가 되나요?"

"하하."

현우가 또 웃었다.

그사이 무대 위에 미스 J와 백댄서들이 나타났다.

미스 J가 무대 바로 앞에 앉아 있는 현우에게 손을 흔들어 댔다.

"웃기고 앉아 있네."

엘시가 서둘러 엄지로 자신의 목을 스윽, 그어 보였다.

느닷없는 사형 선고에 마침 엘시를 쳐다보고 있던 미스 J의 얼굴이 새빨갛게 물들었다.

"너? 너! 이 땅콩?!"

그뿐만이 아니었다.

엘시를 보고는 다른 멤버들 모두가 목을 그어 보였다.

"이? 이?!"

당장에라도 무대 아래로 뛰어내릴 것 같은 미스 J를 백댄서들이 뜯어말렸다.

엘시를 노려보던 미스 J가 갑자기 의미심장하게 웃더니 마주 목을 그어 보였다.

"너 각오해! 땅콩!"

"뭐래? 난 라이언 김 Sister다! Very important sister! 이 아메리카 폭스야!"

엘시가 개의치 않고 콧방귀를 꼈다.

마침내 공연이 시작되었다.

꿈의 공연장이라 불리는 할리우드 볼답게 관객들의 호응은 매우 뜨거웠다.

그 뜨거운 호응 속에서 전주와 함께 미스 J가 백댄서들과 함께 등장을 했다.

세계적인 가수답게 미스 J가 단 몇 초도 되지 않아 수많은 관객을 휘어잡았다.

첫 곡부터 미스 J의 세계적인 히트 댄스곡인 'Sexy Cosmetic'이 울려 퍼졌다.

파워풀한 가창력과 함께 육감적인 안무가 펼쳐졌다.

관객들은 물론이고 제작진도 정신없이 무대에 빨려들어 갔다.

"어때?"

현우가 엘시와 멤버들에게 조용히 물었다.

엘시가 무대에서 눈을 떼지 못하며 입을 열었다.

"쳇. 인정하기 싫지만 저 아메리카 폭스가 잘하긴 잘하네요."

"힝. 부럽다."

유나가 무심결에 본심을 이야기하고 말았다.

"확실히 미국은 다르긴 다른 것 같아요. 뭐랄까? 공연장도 그렇고 음향 시설도 그렇고."

이제야 연희도 본심을 이야기했다.

크리스틴도 진지한 표정으로 미스 J의 공연에 집중하고 있었다.

"어쨌든 세계 음악 시장의 중심은 미국이니까."

현우가 조용히 고개를 끄덕거리며 말했다.

한류 열풍으로 어울림 소속 아티스트들뿐만 아니라 여러 많은 한국 연예인이 아시아 시장을 중심으로 큰 인기를 끌고 있었지만, 아시아권이라는 확실한 한계가 있었다.

송지유조차도 배우로 할리우드에 진출을 했지, 아직까진 음악 시장에 진입을 하지 못한 상태였다.

"……."

"……."

엘시와 멤버들뿐만 아니라 현우도 여러모로 생각이 많았다. 생각에 잠겨 있던 현우가 다시 입을 열었다.

"언젠간, 우리들도 저 무대에 당당히 설 수 있는 날이 올 거야."

"그럴까요?"

엘시가 현우를 바라보며 물었다.

"당연하지. 그래서 나랑 지유가 미국에서 이 고생을 하고 있는 건데."

"그렇게 말하니까 투정부린 게 괜히 미안해지잖아요. 미안해요, 오빠."

미안해하는 엘시를 보며 현우가 피식 웃었다.

"미안하긴, 사실이지. 조금만 더 고생해 보자. 그리고 다연이 너도 힘을 보태줘. 이 실장 한다며?"

"알았어요. 오빠가 못 하면 내가 저 무대에 서든, 아니면 누구라도 서게 만들 거예요."

엘시가 방긋 웃었다.

그때였다.

훈훈한 분위기가 대번에 깨져 버렸다.

무대에 열중하고 있던 미스 J가 갑자기 무대 앞쪽으로 뛰어왔기 때문이었다.

미스 J가 VIP석으로 다가와 허리를 숙였다.

"어?"

유나가 고개를 갸웃하며 손가락으로 무언가를 가리켰다.

엘시의 시선이 유나의 손가락을 따라갔다.

"......!"

"Hey! 땅콩! 너 가수라며?"

미스 J가 무대 아래 엘시를 향해 마이크를 쭉 내밀고 있었다.

엘시의 눈동자가 동그래졌다.

"야? 뭐?"

"뭐긴 뭐야? 빨리 노래 불러! 공연을 망칠 셈이야?"

순간 엘시의 눈동자가 가늘어졌다.

호응 유도를 하는 척하면서 미스 J가 골탕을 먹이려 하고 있었다.

"뭐 해? 못 부를 거 같으면 지금이라도 고개 끄덕여."

미스 J가 득의양양한 표정으로 엘시를 내려다보며 말했다.

"뭐래?"

가늘게 눈을 뜨고 있던 엘시가 코웃음을 쳤다.

예상 밖의 반응에 미스 J는 부아가 치밀었다.

"너 혼나볼래?"

미스 J가 뾰로통한 표정을 하며 손까지 내밀었다. 아예 무대 위로 엘시를 올릴 생각이었다.

그러면서도 미스 J가 현우를 살폈다. 하지만 조용히 웃고만 있을 뿐 현우는 태연했다.

'뭐야, 라이언? 말리지 않을 거야?'

왠지 땅콩한테 밀리는 것 같아 괜히 더 부아가 났다.

그사이 간주가 지나가고 보컬 파트가 다가오고 있었다.

"너, 실수했어."

엘시가 한껏 불량스러운 표정을 하곤 덥석, 미스 J의 손을 잡았다.

미스 J가 살짝 놀랐고 그와 동시에 와아아! 관객들의 함성이 울려 퍼졌다.

엘시가 미스 J를 향해 손을 내밀었다.

"마이크."

시크, 도도한 한마디였다.

미스 J도 콧방귀를 끼며 엘시에게 마이크를 건네주었다.

고음이 올라가는 부분이었고, 어지간한 성량으론 감당을 할 수가 없는 파트였다.

전주가 끝나갔다.

관객들이 기대에 찬 눈빛으로 작은 체구의 엘시를 쳐다보고 있었다.

엘시의 분위기가 확 바뀌어 버렸다.

그리고 마이크를 잡아 든 엘시가 전주에 맞춰 입을 떼었다.

마이크에서 허스키하고 달콤한 음색이 흘러나왔다.

"……!"

미스 J가 눈을 크게 뜨며 놀랐다.

와아아!

그와 다르게 관객들이 열광적인 환호성을 쏟아냈다. 엘시의 노래 실력이 보통이 아니었기 때문이었다.

엘시가 살랑살랑 안무까지 추며 무대를 장악해 나가기 시작했다.

"땅콩 주제에?"

미스 J가 당황해하면서도 엘시에게서 눈을 떼지 못했다.

음색도 특이했고, 안무도 훌륭했다. 그러다 미스 J가 무대 밑 현우를 쳐다보았다.

"제이나, 네가 너무 쉽게 봤어."

현우가 입 모양으로 의사를 전달했다.

그러고는 어깨를 으쓱하고는 씩 웃어 보였다.

"라이언의 동생이 맞긴 맞나 보네."

미스 J가 웃고 있는 현우를 보며 허탈해했다.

갑작스러운 퍼포먼스에도 현우가 전혀 개의치 않았던 이유를 알 것 같았다.

체구도 작고, 한국에서 온 걸 그룹이라고 해서 솔직히 엘시와 그 멤버들을 살짝 아래로 보고 있던 미스 J였다.

그런데 엘시의 실력이 보통이 아니었다.

짧은 순간에 무대를 이어받아 뜨거웠던 분위기를 이어가고 있었다.

무엇보다 잠시 현우란 인간의 본질을 잊은 게 실수였다.

현우 본인 자체가 워낙에 사기 캐릭터였고, 인정하긴 싫었지만 송지유란 존재도 할리우드에서 돌풍을 일으키고 있었다.

미스 J가 백댄서를 향해 손을 내밀었다.

그사이 고음 부분이 다가오고 있었다.

백댄서 한 명이 미스 J에게 마이크를 가져다주었다.

마이크를 받아 들고는 미스 J가 또각또각, 엘시에게로 걸어갔다.

무대에 열중하고 있던 엘시가 미스 J를 쳐다보며 한쪽 입꼬리를 올렸다.

"봤지? 나도 한국에서 잘나가거든?"

뭐라고 말을 하는지는 알 수 없었지만 대충 이해는 할 수 있었다.

엘시의 옆으로 다가온 미스 J가 엄지를 들어 보였다. 그러고는 엘시의 어깨에 팔을 둘렀다.

"미안해. 내가 거만했네. 고음 올릴 수 있어?"

"뭐야? 갑자기?"

태도가 달라진 미스 J를 보며 엘시가 눈을 가늘게 떴다.

그러다 씩 웃었다. 미안해하고 있는 미스 J의 마음이 느껴졌다.

미스 J가 다시 손짓을 하며 고음을 올릴 수 있냐고 물었다. 이해를 한 엘시가 고개를 끄덕였다.

"당연하지. 솔직히 나 네 노래 좋아하거든."

"뭐라고? 일단 좋아. 그럼 같이 올리자."

"콜!"

마침내 고음 부분이 다가왔다.

미스 J와 엘시가 서로를 마주 보며 눈을 맞추었다. 그러고는 서서히 고음을 올렸다.

두 가수의 목소리가 하모니를 이루며 폭발적인 성량이 쏟아졌다.

와아아!

관객들도 그에 맞추어 환호성을 질러댔다.

"우리 언니 최고! 멋있어!"

"엘시! 멋있다!"

멤버들이 무대 위에서 마음껏 날뛰고 있는 엘시를 보며 더 없이 뿌듯해했다.

현우 역시 마찬가지였다.

"녀석, 노래 연습도 꾸준히 하고 있었구나."

현우의 입가에 만족스러운 미소가 지어져 있었다.

엘시도 그리고 다른 어울림 식구들도 각자의 자리에서 최선을 다하고 있었다.

＊　　　　＊　　　　＊

꿈의 공연장, 할리우드 볼에서 펼쳐진 미스 J의 공연이 끝이 났다.

관객들이 하나둘 객석을 뜨고 거대 야외 공연장이 텅 비어 있었지만 엘시와 멤버들은 VIP 좌석에 그대로 남아 있었다. 아직도 공연의 감흥이 진하게 남아 있었기 때문이었다.

"……"

엘시는 무대를 멍하니 쳐다만 보고 있었다.

그 모습을 잠시 지켜보던 현우가 조용히 입을 열었다.

"소원 풀이는 된 건가?"

엘시가 현우를 향해 고개를 돌렸다. 늘 장난기 넘치던 엘시가 진지한 얼굴을 하고 있었다.

"절반 정도는요? 그런데 아쉬워요. 더 무대에 서고 싶기도 하고, 멤버들이랑 함께 서고도 싶고."

"부럽다?"

제시가 엘시의 어깨를 툭, 쳤다.

드림걸즈의 또 다른 메인 보컬인 크리스틴도 아쉬움이 가득해 보였다.

"야! 땅콩! 아니, 엘시? 엘시!"

현우 일행의 고개가 다시 무대 위로 향했다. 무대 위에서 미스 J가 현우 일행을 내려다보고 있었다.

"엘시!"

미스 J가 엘시를 향해 손을 내밀었다.

엘시도 격의 없이 손을 내밀어주었다. 미스 J가 엘시의 손을 잡고는 무대 아래로 뛰어내렸다.

"Hey! 캔디!"

미스 J가 양팔을 벌리며 엘시에게 다가갔다. 눈을 가늘게 뜨고 있던 엘시도 씩 웃으며 두 팔을 벌렸다.

엘시와 미스 J가 서로 포옹을 했다.

"너 쪼그만 게 굉장했어! 실력이 보통이 아니던데? 너희 그룹 이름이 Dream Girls?"

"응."

엘시가 고개를 끄덕였다. 미스 J가 새삼 놀랍다는 얼굴로 엘시와 멤버들을 살폈다.

엘시의 실력이야 말할 것도 없었고, 이제 보니 다른 멤버들도 하나같이 범상치 않아 보였다.

"꼭 너희에 대해서 공부를 해볼게."

"고마워요. 그리고 오늘 엘시를 무대에 올려줘서 고마워요, 제이나."

엘시 대신 크리스틴이 영어로 대답을 했다. 미스 J가 다시 엘시를 쳐다보며 말을 걸었다.

"엘시, 우리 동갑이라며? 친구 할래?"

"친구? 아, 친구 하자고?"

미스 J가 먼저 손을 내밀었다.

엘시도 손을 마주 잡았다.

"오케이. 우리 친구 하자. 엉덩이만 큰 아줌마라고 한 거 사과할게."

완벽하게 알아들을 수는 없었지만 엘시의 표정이 밝았다.

미스 J가 환하게 웃었다.

"땅콩이라고 한 거 사과할게. 솔직히 땅콩이 더 어울리긴

하는데, 싫다니까 캔디라고 부를게, 캔디."

"캔디? 나보고 캔디라고 한 거지? 뭐, 나쁘지 않네."

엘시가 씩 웃어 보였다.

"그런데 너 송이랑 친해?"

미스 J가 중요한 질문을 했다. 엘시가 크리스틴을 쳐다보았다.

"뭐라는 거야?"

"지유랑 친하냐고 묻고 있어."

"아하?"

잠시 생각을 하던 엘시가 장난스럽게 웃어 보였다.

"친하긴 한데, 잘 안 맞아. 타도 송지유!"

"하하."

현우가 장난기 가득한 엘시를 보며 조용히 웃었다.

"정말 애도 아니고."

크리스틴도 한숨을 내쉬고는 통역을 해주었다.

미스 J가 눈을 동그랗게 떴다. 뭐랄까, 동지가 생긴 기분이었다.

"좋아! 너 내 베스트 프렌드야!"

"베스트 프렌드? 오케이! 오케이!"

엘시가 연신 손으로 OK를 그려 보였다.

＊　　　＊　　　＊

미스 J와의 만남을 뒤로한 채 현우 일행은 제작진과 함께 할리우드 볼을 나왔다.

어느새 공연장 주변이 어둠으로 물들어 있었다.

그리고 현우 일행의 앞으로 검은색 신형 리무진 한 대가 멈추어 섰다.

"이게 뭐예요?"

처음 보는 호화 리무진을 보며 유나가 물었다.

"미국까지 왔는데, 한 번 정도는 리무진도 타봐야지."

현우가 대수롭지 않게 대답했다.

"이거 진짜 비싼 차죠?"

연희가 리무진을 살펴보며 물었다.

"방탄 차량이긴 하지."

"회장님 최고! 신난다!"

유나가 유난히 기뻐했다.

"총격전에도 안전은 하겠어."

혼잣말을 중얼거리던 후안이 현우를 쳐다보았다.

"현우."

"응, 왜? 후안?"

"그럼 난 먼저 가도 될까?"

"혼자 가기 심심하지 않겠어?"

"전혀?"

후안이 단호하게 고개를 저었다. 이 징글징글맞은 여자들과 거리를 두고 싶었다.

"후안은 혼자 가고 싶다는데?"

후안의 의도를 눈치챈 현우가 엘시와 멤버들에게 이 사실을 알렸다.

호화 리무진을 구경하고 있던 엘시와 멤버들이 일제히 후안을 쳐다보았다.

'제, 제길! 쳐다보지 마! 이 악마들아!'

후안이 속으로 말을 삼켰다. 유나가 후안에게로 다가왔다.

"후안."

"네, 네."

"어, 음."

유나가 잠시 고민을 하자 후안의 등 뒤로 괜히 식은땀이 흘렀다.

지루하다고 여겼던 혼자만의 시간이 얼마나 소중한지 새삼 깨닫게 될 정도였다.

"I'm hungry! Very! Super!"

"후우."

후안이 안도의 한숨을 내쉬었다.

"그럼 먼저 가서 저녁이라도 만들고 있을게, 현우."

"그래. 오늘 하루 고생 많았다, 후안."

"근데 현우, 너는 괜찮겠어? 아무리 방탄 차량이긴 하지만……."

"하하. 걱정 마. 내 말은 잘 들으니까."

"그럼 다행이네."

후안이 더 지체 없이 트럭에 올라탔다.

트럭이 멀어지는 것을 확인한 현우가 숨을 내쉬며 엘시와 멤버들을 쳐다보았다.

"저, 회장님."

유나가 쭈뼛거리며 현우에게 다가왔다.

"응. 왜?"

"방탄 차량이면 총 쏴봐도 되나요?"

"오빠, 혹시 총 있어요?"

엘시까지 나서서 묻고 있었다.

현우가 어이가 없어 피식 웃었다.

"하여간 이놈의 비글들. 너희들 때문에 후안이 도망간 거 안 보여?"

"아? 그런 거였어요?"

엘시가 영문을 모르겠다는 표정을 했다.

현우가 절레절레 고개를 저었다. 못 본 사이에 더욱 악동들이 되어 있었다.

한국 연예계에서도 악동으로 소문이 자자하다는 말이 사실인 것 같았다.

"일단 타자. 후안이 해주는 요리인데 식으면 맛이 없을 거야."

"네!"

엘시와 멤버들이 순순히 리무진으로 올라탔다.

엘시와 멤버들을 쉽게 컨트롤하는 현우를 보며 제작진들이 멍한 표정을 지었다.

"단순합니다. 비글들은 먹을 걸 좋아하죠."

"그렇구나."

현우의 한마디를 작가들이 깊이 새겨들었다.

"와아? 없는 게 없네?"

엘시와 멤버들이 호화 리무진 안을 살펴보며 놀랐다. 엘시가 현우의 팔을 흔들었다.

"이거 오빠 차예요?"

"뭐, 그렇다고 해야지."

"지유가 타고 다니는 거예요?"

"아니?"

"그럼요?"

"지유는 전용기 타고 다녀."

"……."

개인 비행기라는 말에 엘시와 멤버들이 입을 다물었다.

무언가 송지유와 더 격차가 벌어진 것만 같다는 생각이 들었다.

"…갑자기 송지유가 부러워졌어요."

"그러네."

크리스틴까지 엘시의 말에 동조를 했다. 현우는 그저 조용히 웃기만 했다.

같은 연예인으로서 충분히 그런 생각이 들만도 했다.

"오빠님."

생각에 잠겨 있던 엘시가 현우를 불렀다.

심상치 않은 호칭에 현우도 덩달아 집중을 했다.

"오빠님."

"그래, 말해."

"우리도 미국 진출하고 싶어요."

"미국 진출?"

뜬금없는 말에 현우가 살짝 눈을 크게 떴다.

미국 진출.

아직까지 한국 가수 중에 미국으로 진출을 해 뚜렷한 성과를 낸 가수는 전무했다.

물론 댄스곡 하나로 잠시 큰 주목을 받았던 남성 솔로 가

수가 있긴 했지만, 명확한 한계가 있었다.

"음. 쉽지 않은 일인데."

현우를 향해 애처로운 눈동자들이 쏟아졌다.

"…한번 해볼까? 그럼?"

"예에?!"

현우의 말에 오히려 엘시와 멤버들이 더욱 놀랐다.

생각을 정리한 현우는 오히려 태연했다.

"다만, 미국 진출은 절대 쉽게 생각을 해서는 안 되는 일이
야. 준비하는 데 일 년이 걸릴 수도 있고 어쩌면 그 이상의 시
간이 걸릴 수도 있어. 그리고 힘들 거야. 지유도 운이 좋긴 했
지만 밑바닥에서부터 모든 것을 시작했어. 내 말, 무슨 말인
지 이해가 가?"

"……."

"……."

시종일관 여유로워 보이던 현우의 목소리가 무거워져 있었
다.

그리고 그런 현우를 보며 엘시와 멤버들도 미국 진출이 쉬
운 일이 아니라는 게 피부로 느껴졌다.

"해봐요, 우리."

엘시가 결심을 하고는 말했다.

현우가 고개를 끄덕이고 다른 멤버들도 살폈다.

리더인 엘시의 의견도 중요했지만 멤버들의 의견도 중요했기 때문이었다.

"다연이도 그렇지만 저도 할리우드 볼에 꼭 서보고 싶어요."

"저도요!"

크리스틴과 연희가 동시에 말을 했다.

"좋아. 그럼 다함께 첫발을 내디뎌보자."

"네?"

엘시와 멤버들이 고개를 갸우뚱했다.

현우가 씩 웃으며 핸드폰을 들고는 어딘가로 전화를 걸었다.

"회장님, 누구한테 전화 거는 거예요?"

유나가 물었다.

"제이나."

"네?"

"내일 공연에 특별 게스트로 한번 서보자."

"네에?! 오빠?"

엘시가 화들짝 놀랐다. 멤버들은 더 놀랐다.

갑자기 미스 J의 게스트라니, 본래 추진력의 김태식이긴 했지만 너무나도 급작스러웠다.

"진심이에요?"

엘시가 또 물었다.

아까 전에는 제이나가 직접 무대로 끌어 올려줬기에 가능한 짤막한 무대였다.

하지만 정식 게스트로 무대에 서는 거라면 이야기가 달랐다.

할리우드 볼 공연은 장난이 아니었다. 심지어 하루 전에 결정될 사안도 아니었다.

현우가 빙그레 웃었다.

"그간 신경을 써주지 못한 거에 대한 속죄라고나 할까? 오랜만에 무리 좀 해보지, 뭐."

"그게 마음대로 가능해요, 회장님?"

크리스틴이 조심스레 물었다.

현우가 고개를 끄덕거렸다.

"내 입으로 이런 말 하긴 뭐하지만, 내가 누군지 다들 알잖아?"

엘시와 멤버들이 현우를 쳐다보다 하나둘 수긍을 했다.

한국 최고의 기획사 어울림 엔터테인먼트의 회장이며, 이제는 할리우드 5대 영화 제작사로 올라선 'Sun film'의 사장이 바로 현우였다.

*　　　*　　　*

"후안, 힘들지? 나도 좀 도울게."

슈트 상의 대신 앞치마를 두른 채로 현우가 오픈 키친에 들어섰다.

후안은 가만히 팔짱을 끼고는 한곳을 응시하고 있었다.

"후안?"

현우가 후안의 어깨를 툭 하고 쳤다.

뒤늦게 현우가 들어왔음을 인지한 후안이 고개를 돌렸다.

"현우, 대체 저 여자들 나한테 왜 이러는 거야?"

후안이 울상을 했다.

미안한 마음에 현우가 머리를 긁적이고는 식사에 열중하고 있는 엘시와 멤버들 쪽으로 시선을 돌렸다.

엘시와 멤버들이 끝도 없이 요리들을 섭취하고 있었다.

특히 어울림 내에서도 대식가로 유명한 유나가 선봉에 서서 접시를 무서운 속도로 비워내고 있었다.

벌써 한 시간째 후안은 요리를 만드느라 정신이 없었다. 현우가 멋쩍게 웃었다.

"우리 아이들이 참 건강하지?"

"그거 알아? 현우? 오늘 저 여자들 덕분에 역대 최고 매상이 나왔어."

"하하. 그럼 잘됐네. 내일부터 정상 영업이라며? 후안, 넌 좀 쉬어. 내가 간식이라도 만들어줄 테니까."

현우가 후안의 등을 떠밀었다.

"후우. 알았어."

후안이 물러나고 현우가 오픈 키친의 가운데로 섰다.

"자, 또 뭘 해줄까?"

"오빠, 떡볶이밖에 못 만들잖아요?"

엘시가 눈을 가늘게 뜨며 물어왔다.

멤버들도 연신 고개를 끄덕거렸다.

몇 년 전 제주도 휴가 때 현우가 특별히 해물 떡볶이 요리
를 해준 적이 있었다.

의심을 하는 멤버들을 보며 현우가 피식 웃었다.

"예전의 내가 아니야. 미국 생활이 몇 년짼데? 그리고 주말
에는 나도 가끔 일손을 보탰다고."

"올~"

엘시가 감탄사를 내뱉었다.

"그럼 제일 잘하는 걸로!"

유나가 외쳤다. 현우가 고개를 끄덕거렸다.

"좋아. 내 특제 스테이크 파스타를 보여주마."

현우가 팔을 걷어붙였다.

그때였다.

똑똑, 누군가가 뉴 소울의 문을 두드렸다. 문을 두드리는 소

리에 엘시와 멤버들이 일제히 뒤를 돌아보았다.

"후안, 오늘 저녁 장사는 안 하는 거 아니었어요?"

크리스틴이 옆자리에 앉아 있는 후안에게 물었다.

"맞습니다."

후안도 무언가 이상함을 느꼈다.

영감님들도 일찍 퇴근을 했고, 직원들도 대부분 퇴근을 한 지가 오래였다.

"내가 나가볼게."

후안이 현우에게 눈짓을 하고는 문 쪽으로 다가갔다. 그러고는 살짝 밖을 살펴보았다.

"응?"

문 밖에선 아무도 보이지 않았다.

혹시나 하는 마음에 후안이 문을 열어보았다. 그 순간이었다.

좌우에서 일련의 무리가 확, 하고 나타났다.

순간 후안의 눈동자가 커져 버렸다.

"Fuck you! 그 빌어먹을 동양 여자들 어디에 있어?! 엉?!"

"……!"

너무 놀라 할 말을 잃어버린 후안이었다.

공항에서 오는 길에 시비가 붙었던 바로 그 청소년 갱들이 동료 몇 명을 이끌고 뉴 소울을 찾아온 것이었다.

"그년들 어디에 있냐고?! 귀 먹었어?!"

고함을 지르며 멕시코 청소년들이 후안에게 방망이를 들이밀었다.

"여, 여, 여기 없는데?"

후안이 두 손을 번쩍 들며 필사적으로 문 뒤쪽을 가리려 했다.

"정말이야?! 거짓말이면 네놈 머리에 구멍을 내줄 거야!"

"저, 정말이라고!"

거짓말을 하며 후안은 속으로 제발, 저 비글들이 사태를 파악하고 입을 다물고 있기를 빌었다.

"후안! 누구예요?!"

"혹시 송지유 아니야?"

엘시와 멤버들의 성화에 후안이 두 눈을 질끈 감았다.

징글징글맞은 여자들은 이번에도 기대를 벗어나고 말았다.

"비켜!"

청소년 갱들이 후안을 문 옆으로 밀어버렸다.

"어? 누구세요?"

가장 먼저 불청객을 발견한 유나가 고개를 갸웃거렸다.

"언니들, 아까 걔네들 맞죠?"

"……."

"……."

유나에 이어 엘시와 멤버들의 얼굴이 서서히 하얗게 물들
어갔다.

"꺄아악!"

엘시와 멤버들이 일제히 비명을 질러댔다.

계속되는 비명에 청소년 갱들이 얼굴들을 찌푸렸다.

"빌어먹을! 닥쳐! 닥치라고 좀!"

"꺄아악!"

비명은 계속되었다. 어찌나 톤이 높은지 머리가 다 어지러
울 정도였다.

결국 시비가 붙었던 청소년 갱 한 명이 품에서 권총을 꺼내
들며 소리를 쳤다.

"제발, 닥쳐! 닥쳐!"

"……."

"……."

권총까지 꺼내 들며 위협을 하는 청소년 갱을 보며 엘시와
멤버들이 일제히 입을 다물었다.

"하아."

깊은 한숨을 내쉬며 현우가 앞치마를 내려놓고는 오픈 키친
에서 걸어 나왔다.

미국 생활을 하면서 가끔 이런 종류의 불량 청소년들을 맞
닥뜨린 적이 있었다.

그리고 이런 불량 청소년들을 대하는 법도 현우는 잘 알고 있었다.

"친구들? 나랑 이야기 좀 하자? 응?"

현우가 두 손을 든 채로 말을 걸었다.

일부러 불량스러운 어투도 섞었다. 잔뜩 흥분해 있던 청소년 갱들이 현우를 쳐다보았다.

"넌 못 보던 놈인데, 뭐야?! 쟤네들이 네 이거냐?"

청소년 갱 한 명이 새끼손가락을 흔들어 보였다. 현우가 살짝 눈을 찌푸렸다.

"일단 진정하고, 총은 내려놓지?"

"Fuck you! 내가 널 어떻게 믿고? 엉?!"

"좋아. 그럼 흥분부터 가라앉히고, 내 말 좀 들어봐. 우리 동양인들은 평화로운 인간들인 거 너희들도 잘 알지?"

"……"

현우의 설득에 청소년 갱들은 말이 없었다.

어쨌든 최악의 상황은 피한 것 같아 현우는 놀란 가슴을 쓸어내렸다.

"전에 있었던 일은 내가 사과할게. 미국이 처음이라 우리 아이들이 잠시 흥분을 했던 모양이야."

"……"

청소년 갱들이 아무런 대꾸도 하지 않았다. 현우가 후안을 쳐다보았다.

"일단 내 친구 좀 챙길게. 괜찮지? 후안, 이리 와."

후안이 두 손을 든 채로 천천히 현우 쪽으로 걸어왔다. 현우가 다시 청소년 갱들을 바라보았다.

"충분히 보상은 해줄 테니까, 오늘은 여기까지 하는 게 어떨까? 응?"

"보상?"

청소년 갱들이 현우를 살펴보았다.

손목에 찬 시계며, 머리부터 발끝까지 한눈에 봐도 고가의 브랜드로 도배를 하고 있었다.

"어떻게 보상을 할 건데?"

청소년 갱 한 명의 물음에 현우가 살짝 웃었다.

역시 아이들이라 그런지 단순한 구석이 있었다.

"인당 천 불씩 주지."

"천 불?"

현우의 제안에 청소년 갱들이 동요를 하기 시작했다.

빈민가 출신이자 10대 중후반인 이들에겐 상당히 큰 액수였다.

"그러니까 총 좀 내려놓자."

"지금 당장이야?!"

"좋아. 지금 당장 주지."

현우의 말에 청소년 갱들이 총과 방망이를 내려놓았다. 현우가 고개를 돌려 엘시를 쳐다보았다.

"다연아, 내 옷 안 주머니에 지갑이랑 만년필 있어."

"네, 네!"

엘시가 서둘러 현우의 슈트 상의를 가져왔다.

현우가 지갑에서 수표를 꺼내 들고는 만년필로 사인을 하기 시작했다.

미국에선 대부분 카드를 사용하기 때문에 큰 액수의 현금을 사용할 때면 수표를 사용하곤 했다.

"이리 와."

수표에 사인을 마친 현우가 손짓을 했다. 총을 들고 있었던 청소년 갱이 현우의 앞으로 걸어왔다.

"이름이 뭐야?"

"오스카."

"좋은 이름이네. 자, 약속대로 가져가."

오스카라 불린 청소년 갱이 수표를 받아 들었다. 그러고는 엘시와 멤버들을 향해 삿대질을 했다.

"운 좋은 줄 알아! 빌어먹을 계집들아! 가자!"

청소년 갱들이 미련 없이 등을 돌렸다.

"후우."

현우가 차분한 표정으로 엘시와 멤버들을 살폈다.

창백하게 질려 있던 멤버들이 이제 겨우 숨들을 쉬고 있었다.

"이거 지금 무슨 상황?"

익숙한 음성에 현우가 다시 문 쪽으로 가게를 돌렸다. 하필 미스 J가 가게 문 앞에 나타나 있었다.

"미스 J?! Oh my god!"

"미스 J다!"

현우가 뭐라 말을 할 새도 없이 청소년 갱들이 미스 J를 발견하곤 크게 놀라기 시작했다.

미국 최고의 팝스타가 느닷없이 등장을 해버렸기 때문이었다.

대충 상황 파악을 한 미스 J의 눈썹이 휘어졌다.

"너희들, 뭐야?"

미스 J가 말을 끝내기도 전에 경호원들이 일제히 총을 꺼내 들었다.

권총도 아닌 온갖 중형 무기들이 등장하자 청소년 갱들도 권총을 꺼내 들었다.

"총 버려, 애송이들아."

"애송이? Fuck you! 우리 빅 카마초파를 무시하는 거야?! 엉?!"

순식간에 대치 상황이 펼쳐졌다.

"하아, 제이나."

현우가 이마를 짚고는 한숨을 내쉬었다.

쉽게 풀리던 일이 미스 J의 등장으로 이상하게 꼬여 버렸다.

'내, 내가 대체 무슨 죄를 지었다고! 왜! 왜!'

한편, 마음을 놓고 있던 후안이 속으로 절규를 했다.

후안 역시 뉴욕 뒷골목 빈민가 출신이긴 했지만 이런 일은 난생처음이었다.

지금 이 순간 엘시와 멤버들이 원망스러웠고 정말이지 지긋지긋했다.

송지유가 행운의 여신이라면 이 여자들은 꼭 지옥에서 찾아온 악마들 같았다.

후안의 머릿속으로 난장판이 될 뉴 소울이 그려졌다.

"후안, 미안해요."

엘시가 후안을 보며 사과를 했다.

멤버들도 한껏 미안한 표정을 했다. 하지만 후안은 그 표정조차도 지긋지긋했다.

"어? 파블로다?"

그때, 유나가 손가락으로 가게 문 앞을 가리켰다.

내일 장사에 필요한 재료들을 구매하러 나갔던 파블로가 돌아온 것이었다.

"……!"

후안의 눈동자가 커졌다.

친구인 파블로마저 이 상황에 얽히게 할 수는 없었다. 후안이 눈짓, 손짓을 동원해 파블로를 쫓아내려 했다.

하지만 파블로는 오히려 천천히 가게로 걸어 들어왔다.

그러고는 모두의 시선을 받은 채 경호원들과 청소년 갱들 사이에 들어섰다.

"야! 파블로! 위험해! 위험하다고!"

후안이 소리를 쳤음에도 파블로는 들은 척도 하지 않았다. 대신 청소년 갱들의 앞으로 우뚝 섰다.

"넌 뭐야?! 이 자식아?!"

청소년 갱의 대장 격인 오스카가 파블로를 보며 소리쳤다.

파블로가 느닷없이 오스카의 팔뚝을 잡고는 문신을 살폈다.

"빅 카마초 쪽 따까리들인 것 같은데, 맞지?"

"뭐?!"

"카마초는 잘 지내는 거지?"

파블로가 옅게 웃었다.

오스카가 권총을 들어 파블로를 겨누었다.

"동향 사람이라고 봐줄 줄 알아?! 이 웨이터 자식아?"

"음. 어쩔 수 없나."

파블로가 잠시 망설였다. 그러다 하얀 셔츠를 훌러덩 벗어

버렸다.

순간 오스카와 그 무리가 눈을 크게 떴다. 기괴한 문양의 문신들이 파블로의 상체를 뒤덮고 있었다.

"거, 검은 수염? 뉴욕의 검은 수염파?"

오스카와 청소년 갱들이 놀라자 파블로가 다시 셔츠를 주워 입었다.

"카마초가 너희들이 이러고 다니는 걸 알면 가만히 있지 않을 텐데? 지금은 손을 씻긴 했지만 내 친구들을 건드릴 거면 각오해라. 내 전화 한 통이면 뉴욕에서 다들 우르르 몰려올 테니까."

"…오스카? 왜 그러는데?"

나이가 어린 청소년 갱 한 명이 오스카에게 물었다. 오스카가 식은땀까지 흘리며 조용히 속삭였다.

"이 사람, 검은 수염파 행동 대원이었어. 우리랑 급이 다르다고. 빨리 총 내려!"

오스카가 총을 바닥으로 던졌다. 뒤이어 다른 무리들도 총을 바닥으로 버렸다.

뒤이어 경호원들이 총구를 겨누자, 기다렸다는 듯 청소년 갱들이 두 손을 머리에 올리고는 바닥으로 주저앉았다.

*   *   *

"파블로! 멋있어요! 짱! 짱!"

유나가 연신 파블로를 향해 엄지를 들어 보였다.

"겁쟁이 후안이랑은 영 딴판이네! 딴판!"

"후안, 쓸모없어!"

엘시와 다른 멤버들도 후안을 깎아내리고 파블로를 추켜세우느라 정신들이 없었다.

'이게 다 누구 때문인데!'

울컥했지만 후안은 그냥 참기로 했다.

그런 후안과 달리 파블로는 그저 씁쓸하게 웃고만 있을 뿐이었다.

"파블로, 그동안 나한테 왜 이야기 안 했어? 난 네 가장 친한 친구란 말이다!"

후안이 서운한 표정을 했다. 파블로가 어색하게 웃었다.

"미안, 후안, 라이언. 그다지 좋은 과거도 아니잖아. 철없고 어렸을 때 일이기도 하고."

"어쨌든 파블로 고맙다. 덕분에 큰 사고를 막았어."

현우가 파블로의 어깨를 두드렸다. 파블로가 그런 현우를 보며 작게 웃었다.

"나 해고되는 거 아니지? 라이언?"

"그럴 리가? 보너스라도 줬으면 줬지. 그렇게는 안 해. 우리가 함께한 세월이 얼만데?"

대수롭지 않게 웃어 보이는 현우를 보며 파블로가 눈동자를 붉혔다.

"고마워, 라이언. 그런데 저 아이들은 이제 어떻게 할 거야?"

파블로가 걱정스러운 눈동자로 아이들을 살펴보았다.

딱 봐도 16살 정도의 아이들이었다.

"경찰… 부를 거지?"

파블로가 또 현우에게 물었다. 현우가 고개를 저었다.

"아직 생각 중이야. 하지만 파블로, 네 생각에 따를게."

"역시 라이언. 고맙다."

파블로가 천천히 걸음을 옮겨 청소년 갱들 앞에 섰다.

청소년 갱들이 물끄러미 파블로를 올려다보았다. 동경이 가득한 눈빛에 파블로는 마음이 쓰렸다.

"너희들, 지금 경찰을 부르면 어떻게 되는지 알아? 무단 침입 죄에 강도 미수에, 살인미수에, 보통 형량으로는 끝나지 않을 거다."

"……"

파블로의 냉정한 말에 다들 푹 고개들을 숙였다.

"나도 너희들 나이 때에 아무것도 모르고 미친 망아지처럼 날뛰었던 시절이 있었지. 다들 날 두려워하고 쩔쩔매게 하는데 급급했어."

파블로의 무용담에 청소년 갱들이 귀를 기울였다.

"그런데 말이야. 내가 왜 손을 씻었는지 알아? 내 주변에 있던 친구 놈들이 다 죽었어. 한 놈은 총 맞아서, 한 놈은 상대 조직원 차에 치여서, 한 놈은 약물 중독으로 자살을 했어. 나도 매일 악몽을 꾼다. 죽어간 친구들이 꿈에 나온다고. 이게 결국 너희들의 미래야. 너희들은 아무것도 아니야. 그저 총알받이 소모품이라고, 그렇게 이용만 당하다가 내 친구들처럼 되고 싶은 거야?"

"……."

"……."

파블로의 차가운 말에 청소년 갱들이 굳은 표정을 지었다.

또각또각.

미스 J도 파블로의 곁에 다가왔다. 그녀 역시 멕시코 혈통이 섞여 있는 히스패닉 계열이었다.

"너희들 말이야. 내 팬인 것 같은데, 그렇게 쓰레기처럼 살거야? 날 봐봐. 우리 같은 사람들도 충분히 성공할 수 있다는 걸 보여줬잖아? 내 말이 틀려?"

미스 J도 멕시코 혼혈로서 미국에서 성공을 한 입지전적인 인물이었다.

멕시코 사람들에겐 절대적인 인기를 누리고 있었다.

"다들 손 털어. 대답 안 해?!"

미스 J의 뾰족한 말에 다들 고개들을 끄덕였다.

파블로가 현우를 쳐다보았다.

어쨌든 최종 결정권자는 뉴 소울의 사장인 현우였다.

현우가 파블로의 곁으로 걸어왔다. 그리고 아이들을 향해 입을 열기 시작했다.

"다들 집으로 돌아가. 수표는 돌려받지 않을 테니까, 각자 필요한 것들이 있으면 사고."

현우의 말에 아이들의 눈이 커졌다.

천 달러를 그냥 준다는 말이었다.

"라이언? 너 아무리 돈이 많다지만? 애들 버릇 나빠져."

미스 J가 만류했지만 현우는 고개를 저었다.

"약을 사든, 상관 안 해. 다만 아이들에게 기회를 주고 싶을 뿐이야. 잘 들어. 내가 주는 돈은 내가 정당히 땀을 흘려서 번 돈이다. 액수를 떠나서 소중한 돈이란 말이지. 너희들도 땀을 흘려서 돈을 벌고 싶으면 여기에 남도록 해라. 일자리를 줄 테니까."

"…라이언답네."

파블로가 현우를 보며 미소를 지었다. 현우가 어깨를 으쓱했다.

"어차피 직원도 모자란다며? 후안, 보조도 필요하고?"

"그런데 이 아이들을 쓰자고?"

"검은 수염과 행동대원 출신도 있는데, 불가능한가?"

"……."

파블로도 그 누구도 딱히 반박을 할 수가 없었다. 현우가 씩 웃고는 아이들을 내려다보았다.

"여기서 일을 하고 싶은 사람은 남아도 좋아."

현우의 말에 대부분의 아이들이 자리에서 일어나 도망치듯 가게를 떠났다.

남아 있는 사람은 대장 격이었던 오스카 단 한 명뿐이었다.

"의외네? 난 가장 먼저 여기서 나갈 줄 알았는데."

현우가 부드럽게 웃어 보였다.

총까지 들이밀었던 아이가 홀로 이 가게에 남아 있었다.

"잘 생각했다. 내일부터 출근해."

"정말요?"

오스카가 물어왔다.

현우가 고개를 끄덕였다.

"난 한 입으로 두말 안 해."

"……."

"아, 그리고 너 이 가게에서 일을 하고 싶으면 후안이랑 우리 아이들한테 사과부터 해. 자주 볼 사람들이니까."

현우의 말에 오스카가 후안에게 다가갔다.

"미안합니다."

"그, 그래. 하하."

후안이 떨떠름한 얼굴로 억지웃음을 머금었다.

엘시와 멤버들도 단체로 팔짱을 끼곤 오스카가 사과하길 기다리고 있었다.

하지만 오스카가 휙 고개를 돌려 버렸다.

그 모습에 현우가 피식 웃었다. 16살이긴 했지만 남자라고 또 자존심은 있는 것 같았다.

"그래도 사과는 해. 어려 보여도 너보다 한참이나 나이 많은 누나들이니까."

"예."

왠지 모르게 현우의 말은 거스를 수가 없었다. 오스카가 쭈 뼛거리며 엘시와 멤버들의 앞으로 섰다.

"내가 잘못한 건 없지만 미안하게 됐다."

크리스틴이 얼른 통역을 했다.

엘시의 눈동자가 가늘어졌다.

"잘못한 게 없다? 이 어린놈의 자식이! 야!"

엘시의 폴짝 뛰어올라 오스카의 목에 팔을 둘렀다. 그러고 는 헤드록을 걸어버렸다.

"너 때문에 우리가 얼마나 놀랐는지 알아? 어디서 누나들한 테 총을 들이밀어? 혼날래?! 16살 주제에! 우리나라에선 16살이면 피시방에서 게임이나 할 나이야!"

"Fuck! 놔! 이 쪼그만 계집아!"

"너 또 욕했지? 죽을래?!"

엘시의 헤드록에 오스카의 얼굴이 왠지 모르게 자꾸 붉어
졌다.

*   *   *

"흐음. 내 공연에 게스트로 서고 싶다고?"

오픈 키친에서 요리를 만들고 있는 현우를 쳐다보며 미스 J
가 물었다.

보글보글 끓고 있는 파스타 면을 휘휘 저으며 현우가 고개
를 끄덕였다.

"그거 부탁이야?"

"뭐 그렇겠지?"

그렇게 말하곤 현우가 파스타 면을 건져내 프라이팬으로
옮겨 담았다.

올리브유가 뿌려지고 말린 마늘 조각들이 들어갔다.

"……."

프라이팬을 응시할 뿐 미스 J는 말이 없었다.

덩달아 엘시와 멤버들도 말이 없었다.

어쨌든 미스 J의 공연에 게스트로 서기 위해서는 당사자의 승낙이 필요했다.

오직 현우만이 태연한 얼굴로 요리에 열중을 하고 있었다.

버터를 넣고 미리 달궈놓은 프라이팬 안에 현우가 큼직한 스테이크 조각을 올려놓았다.

칙!

맛있는 소리와 함께 고소한 향기가 오픈 키친을 넘기 시작했다.

"자, 이제 스테이크가 알맞게 익으면 얇게 썰어서 파스타 위에 올릴 거야. 괜찮지?"

"우와! 스테이크 파스타 존맛이겠네요?"

유나가 군침을 흘렸다. 현우가 씩 웃고는 깨끗한 수건으로 손을 닦았다.

"너무 무리한 부탁이긴 했죠?"

엘시가 그런 현우에게 물어왔다. 현우가 스테이크를 뒤집었다.

"어쩌면?"

"남 일처럼 이야기할 거예요?"

"남 일이라니? 섭섭한데?"

"지금 말은 안 하고 있지만 똥줄 타거든요?"

엘시의 작은 투정에 현우가 습관적으로 피식 웃었다.

"기다려 봐. 쟤 원래 뭐 하나 결정하는 데 한세월이야."

"아, 그래요? 근데 뭔가 서운하네? 나보다 친한 것 같아서."

"별걸 다 질투하네."

"원래 질투의 화신이잖아요."

"지옥의 화신이겠지."

현우가 후안을 보며 말했다.

한국어를 알아듣지 못한 후안은 눈을 말똥말똥 뜨고만 있었다.

"네에?"

엘시가 살짝 눈을 찌푸렸다. 그러다 포크를 들고 뚫어져라 오픈 키친을 응시하고 있는 멤버들을 보며 고개를 끄덕거렸다.

"인정. 인정."

"자, 다 됐다."

현우가 커다란 파스타 볼에 스테이크 파스타를 담아 엘시와 멤버들 앞에 척, 내놓았다.

"후우."

앞치마까지 벗은 후에 현우가 미스 J의 앞에 다가섰다.

"아직 고민 중이야?"

"소매 좀 내려줄래? 그리고 그런 표정도 하지 말고. 넘어갈 것 같으니까."

"그럼 넘어가 주면 되잖아."

현우가 접시에 파스타 면과 스테이크 조각 몇 개를 올려 미스 J에게 건네주었다.

"왜 안 하던 짓이야? 마음 약해지게."

"약해지라고."

"라이언, 너 캔디랑 저 아이들 엄청 아끼는구나?"

"당연하지."

미스 J가 말없이 포크로 스테이크 파스타를 맛보았다. 그러더니 현우를 노려보았다.

"너무 맛있잖아! 내 전속 요리사만큼! 이런 요리를 송한테 매일 해주는 거야?"

"아마도?"

"갑자기 열받네?"

딱히 할 말이 없어 현우가 어깨를 으쓱했다.

"알았어, 라이언. 부탁 들어줄게. 대신 나 점수 딴 거지?"

"콜."

현우와 미스 J의 대화를 엿듣고 있던 크리스틴의 얼굴이 밝아졌다.

그러고는 엘시와 멤버들을 향해 입을 열었다.

"우리 게스트로 공연에 설 수 있대! 미스 J가 허락했어!"

"꺄아아!"

엘시와 멤버들이 기쁨의 비명을 질러댔다. 그러고는 한 명씩 미스 J에게 달려들었다.

"애네 왜 이래? 여자는 사절이야! 난 라이언의 포옹을 원한다고!"

말은 그렇게 하고 있었지만 미스 J도 싫지는 않은 표정이었다.

그리고 빙그레 웃으며 현우가 그 모습을 지켜보고 있었다.

*   *   *

뉴 소울은 아침부터 분주했다.

미스 J의 공연은 저녁 8시였지만, 문제는 그 공연이 하루 전에 결정이 났다는 사실이었다.

엘시와 멤버들은 테이블을 한쪽 구석으로 밀어 넣고 간단하게 안무를 점검하고 있었다.

"회장님! 감사합니다! 감사합니다!"

현우를 향해 연신 감사 인사들이 쏟아졌다.

엘시와 멤버들뿐만 아니라 '아는 언니들' 제작진도 크게 기뻐하고 있었다.

현우가 프로그램에 출연을 한 것도 대박이었는데, 세계적인 팝 스타인 미스 J의 출연과 더불어 꿈의 공연장인 할리우드 볼에 드림걸즈가 특별 게스트로 서게 되었다.

이 정도면 시청률을 떠나 역대 기록으로 남을 법한 특집이
될 수 있었다.

"감사는요."

현우가 빙그레 웃으며 몸 풀기에 열중인 엘시와 멤버들을
살폈다.

"저 비글들도 오늘은 얌전하네. 어쩐 일이야, 현우?"

후안이 불안한 얼굴을 하고 있었다.

현우가 후안의 팔에 어깨를 둘렀다.

"이래 봬도 우리 아이들은 프로 중의 프로야. 놀 땐 놀고 일
할 때는 일을 한다고."

"그냥 프로 악마들이겠지."

"후안?"

"아, 미안. 나도 모르게 본심이 나와 버렸네."

그때, 가게 문이 열리고 오스카가 출근을 했다.

"여기 식당 아니었어요?"

카메라와 제작진을 보곤 오스카가 고개를 갸우뚱했다. 후
안이 그런 오스카에게 다가갔다.

"여기 사장님들이 한 명은 연예인이고 한 명은 기획사 대표
거든. 그리고 저 비글, 아니, 저 친구들은 한국에서 탑 아이돌
이야."

"예? 진짜요?"

오스카가 달라진 눈빛으로 엘시와 멤버들을 살폈다.

그러고 보니 다들 범상치 않은 외모를 가지고 있긴 했었다.

"…여기 생각보다 더 대단한 곳이었구나."

"그래. 그리고 너도 생각보다 더 대단한 사람이 될 수 있지."

현우가 오스카의 어깨를 두드렸다.

오스카의 표정이 밝아졌다. 엘시와 멤버들도 뭐랄까. 더욱 예뻐 보였다.

그러다 멤버들과 눈이 마주쳤다.

오스카가 어색하게 웃어 보였다.

총격전을 벌였던 과거는 잊고, 이제라도 친하게 지낼 심산이었다.

"너, 이리 와."

엘시가 손가락을 까닥거렸다. 오스카가 얼른 엘시에게로 다가갔다.

"왜, 왜 불렀어요?"

"어? 갑자기 공손해졌네?"

엘시가 크리스틴을 보며 말했다. 그러고는 다시 크리스틴에게 무언가를 속삭였다.

크리스틴이 작게 웃기 시작했다. 다른 멤버들도 하나둘 웃기 시작했다.

화기애애한 분위기에 오스카도 덩달아 따라 웃었다. 크리스틴이 오스카의 앞으로 다가섰다.

"오우."

크리스틴을 보며 오스카가 자기도 모르게 감탄사를 내뱉었다.

크리스틴이 살짝 웃음기를 머금은 채로 입을 열었다.

"너 오늘 우리 짐꾼 해. 저기 짐들, 네가 다 들어."

"뭐, 뭐라고요?"

"왜 싫으니? 그럼 지금이라도 경찰 부를까?"

"……"

오스카가 말없이 드림걸즈 멤버들의 가방을 들었다.

"……"

이 상황을 지켜보고 있던 후안이 고개를 저었다.

아무래도 지옥에서 온 비글들이 확실했다.

*　　　*　　　*

뉴 소울의 트럭이 노을로 물든 도로를 달리고 있었다.

"이럴 줄 알았으면 한국에서 석훈 오빠랑 우리 팀을 데리고 올 걸 그랬어요."

엘시가 손톱을 깨물며 말했다.

공연 팀을 데리고 오지 않는 바람에, 백댄서들이나 음향 장비 쪽 직원들도 없었다.

그나마 혹시 몰라 가져온 촬영용 무대의상이 딱 한 벌 존재했다.

"갑자기 공연을 할 줄 누가 알았나? 괜찮아, 괜찮아. Calm down."

제시가 엘시를 위로했다. 후안의 옆 좌석에 앉아 있던 현우가 슥 몸을 돌렸다.

"제이나 팀에서 최대한 협조를 해준다고 했으니까, 신경 쓸 거 없어. 알았지?"

현우의 설명에 엘시가 안도를 했다.

"오빠답지 않게 꼼꼼하네요?"

"태명이가 없으면 나도 다 알아서 해."

현우가 쓰게 웃으며 대답했다.

그사이 후안의 트럭과 제작진의 차량들이 할리우드 볼 공연장으로 들어섰다.

현우 일행을 제이나의 경호원들이 기다리고 있었다.

"자, 갈까?"

한국에서 그랬던 것처럼 현우가 먼저 내려 트럭의 뒷문을 열었다.

뒷문이 열리며 드림걸즈 멤버들이 차례대로 트럭에서 내렸다.

경호원들이 서둘러 현우 일행을 둘러쌌다.

"밥, 대기실로 바로 가죠."

"예."

경호원들의 안내를 받아 현우 일행이 도착한 곳은 미스 J의 대기실 옆에 있는 예비 대기실이었다.

"다, 다행이다. 공연 시작하기 전에 우리 연습 좀 할게요!"

엘시가 쾌적한 시설의 연습실을 격하게 반겼다.

좋아하는 엘시와 멤버들을 보며 현우도 빙그레 웃었다.

그사이 경호원들을 헤치고 미스 J가 등장을 했다.

"라이언!"

미스 J가 대뜸 현우를 껴안았다. 현우가 눈살을 찌푸렸다.

"제이나, 숨 막혀."

"안 돼. 공연에 게스트로 나오는 조건으로 얻어낸 무료 포옹권인데?"

"뭐?"

"아직 99번 남았어."

"……?"

현우가 어리둥절해했다.

그런 약속을 한 적은 맹세코 단 한 번도 없었다. 현우가 무심결에 엘시를 쳐다보았다.

"헤헤. 쏘리."

"다연아? 너희만 살겠다고 나를 팔아?"

"지, 지유한테는 비밀로 해요?"

"후우."

한숨과 함께 현우는 웃음이 나왔다.

하루 사이에 엘시와 미스 J가 유난히 친해진 이유를 이제야 알 것 같았다.

"라이언, 캔디랑 멤버들 연습해야 한다니까 방해하지 말고 내 대기실로 가자. 응?"

"나도?"

순간 등골이 싸했다.

현우가 엘시를 쳐다보았다.

"설마 이것도 협상 조건이었어?"

"쏘리. 오늘 희생 좀 해요. 헤헤."

엘시가 미안한 표정을 했다.

"······."

현우가 황당해했다.

문득 엘시와 이 비글들을 떠넘기고 김은정과 함께 행복한 시간을 보내고 있을 손태명이 떠올랐다.

옆에 가만히 서 있던 후안은 더 기가 막혔다.

'차라리 비글이 낫지. 비글들은 적어도 사기는 안 쳐. 이 악마들아.'

자기들 살겠다고 친오빠 같은 현우를 팔고 있었다.

"후안? 왜 멍 때려요? 우리 간식 만들어 왔죠?"

"마, 만들어 왔죠."

크리스틴이 말을 걸자 제 발 저린 후안이 화들짝 놀랐다.

*　　　*　　　*

할리우드 볼.

꿈의 공연장에서 미스 J의 두 번째이자 마지막 공연이 펼쳐졌다.

첫날과 같이 미스 J는 파워풀한 가창력과 섹시미가 넘치는 무대를 선보였다.

히트를 쳤던 데뷔곡을 열창한 미스 J가 땀을 닦아내며 무대 앞으로 가까이 다가왔다.

와아아!

미스 J를 향해 관객들이 뜨거운 함성을 쏟아내었다.

"안녕하세요! LA 시민 여러분! 그리고 각지에서 찾아와 주신 팬 여러분!"

미스 J의 외침이 거대 야외 공연장으로 퍼져 나갔고, 야외 공연장이 또 한 번 함성으로 들썩였다.

미스 J가 만족스러운 얼굴을 했다. 거친 숨을 고른 다음 그녀가 입을 열었다.

"오늘 여러분들을 위해 제가 준비한 깜짝 선물이 있습니다!"

"와아아!"

관객들이 함성으로 답변을 대신했다.

한편 관객들의 열기가 담긴 거대한 함성은 무대 아래에도 고스란히 전해졌다.

무대 아래, 현우와 드림걸즈가 순서를 기다리고 있었다.

현우가 고개를 들어 멤버들을 살폈다.

예정된 공연이 아니었다. 그리고 무엇보다 꿈의 공연장에서의 첫 무대였다.

가수로서 꿈에서만 그리던 일이 느닷없이 현실로 벌어진 것이다.

"……"

"……"

프로 중의 프로인 드림걸즈 멤버들이 잔뜩 얼어 있었다.

생전 처음 보는 모습에 현우도 더없이 진지해졌다.

"긴장들 풀자. 비글들이 이렇게 텐션이 떨어지면 어떻게 해? 어울리지 않아. 그리고 나까지 팔았으면서 다들 이러기야?"

현우의 농담에 드림걸즈 멤버들이 살짝 웃었다. 조금이나마 긴장이 풀린 것이다. 현우가 먼저 척, 손을 내밀었다.

"우리 이거 진짜 오랜만에 한다. 다들 복귀 첫 무대 때 기억 나지?"

드림걸즈 멤버들이 고개를 끄덕거렸다.

어떻게 그날의 기억을 잊을 수가 있을까?

연이은 악재로 걸즈파워가 해체하고 걸즈파워 2기가 선을 보였을 때 모든 사람들이 말했었다.

엘시와 그 멤버들은 끝났다고 말이다.

하지만 엘시와 멤버들은 드림걸즈로 돌아왔고, 꿈의 소녀들 이란 그룹명대로 그 꿈을 이루어냈다.

"……."

엘시가 고개를 들어 현우와 눈을 맞추었다.

"오빠랑 함께하는 거라면 다 잘되겠죠? 지금까지 그래왔으 니까."

"당연하지. 나 김태식이야."

"빠꾸 없는 남자……."

유나가 진지한 얼굴로 혼잣말을 중얼거렸다.

"뭐? 하하!"

유나의 혼잣말에 현우가 크게 웃었다. 다른 멤버들도 현우 를 따라 웃었다.

그러다 드림걸즈 멤버들이 비장한 표정을 했다.

"그래! 우리 드림걸즈에게 실패란 없다!"

어디 만화에서나 나올 법한 명언을 내뱉으며 엘시가 현우의 손등 위로 손을 올려놓았다.

척, 척!

멤버들이 하나둘 손을 모았다.

엘시가 높이 손을 올리며 외쳤다.

"꿈의 소녀들! 그 꿈은 영원히!"

"한국에서 온 최고의 아이돌이자 제 친구들을 소개할게요! Hey! Dream Girls! Come on!"

절묘한 타이밍이었다.

미스 J가 열정적으로 멤버들을 무대 위로 끌어 올렸다.

와아아!

함성을 받으며 드림걸즈 멤버들이 무대 위로 일렬로 올라섰다.

"……."

"……."

함성이 점차 잦아들었다.

한국이라는 작은 나라에서 온 검은 머리의 아이돌들.

미국 관객들에겐 생소한 느낌이 강했다.

한국과는 다른 낯선 시선들이 무대 위에 쏟아졌다.

"현우, 괜찮을까?"

VIP 좌석에서 후안이 걱정스러운 얼굴로 물었다.

비글들이니, 악마들이니 하면서 학을 떼고는 있었지만 후안도 미운 정이 든 상태였다.

또한 제작진들도 불안해하는 기색이 역력했다.

현우가 후안의 어깨를 잡았다.

"걱정 마. 노래는 만국 공통어야. 이제 한국 시장이나 미국 시장이나 수준 차이는 거의 없어. 인식의 차이는 있을지 몰라도 말이야. 그리고 우리 아이들, 그렇게 만만한 애들 아니다, 후안."

"그래? 현우가 말하는 거라면 믿어야지."

후안은 현우를 믿기로 했다.

불안해하던 제작진들도 긴장감을 내려놓고는 무대 위를 찍기 시작했다.

한편 엘시와 멤버들 역시 공연장 분위기를 피부로 느끼고 있었다.

이런 시선은 첫 데뷔를 했을 때를 제외하곤 처음 겪어보는 일이었다.

"애들아, 겁먹을 거 없어. 비글들의 힘을 보여주자고!"

엘시가 겁을 먹고 있는 멤버들을 다독였다.

그사이 스피디한 일렉트로닉 사운드가 야외 공연장을 휘

몰아치기 시작했다.

"나부터 간다!"

엘시가 입술을 깨물고는 기합을 넣었다.

"Hi! Hello! 안녕!"

엘시가 무대 앞으로 폴짝 뛰어나가며 무대의 시작을 알렸다.

뒤이어 크리스틴이 핫팬츠 주머니에서 솜으로 된 빨간색 하트 모양의 사탕을 꺼냈다.

"언니! 준비 완료!"

기다렸다는 듯 유나가 야구 방망이를 들었다. 연희는 글러브를 끼고 유나에게 사인을 보냈다.

크리스틴이 관객들에게 OK 사인을 보낸 다음, 높이 다리를 들었다.

완벽한 투구 자세에 미국 관객들이 눈을 크게 떴다.

"Let's go! Dream Girls!"

크리스틴이 힘차게 하트를 던졌다.

포물선을 그리며 날아간 하트를 향해 유나가 야구 방망이를 휘둘렀다.

탕!

빨간색 하트가 그대로 관객석으로 향했다.

빨간색 하트 사탕을 주워 들은 팬이 할리우드 볼의 전광판으로 비춰졌다.

관객이 빨간색 하트를 높이 들었다.

그리고 그에 맞추어 낯선 시선을 보내고 있던 미국 관객들이 그 어느 때보다 커다란 함성을 보내기 시작했다.

와아아!

미국 관객들의 뜨거운 호응에 드림걸즈 멤버들의 표정이 밝아졌다.

한껏 기가 오른 엘시와 멤버들이 있는 힘껏 크게 소리쳤다.

"Hey! We are Dream Girls! We are Heart breakers!"

2장

외전7 - 엘시와 드림걸즈 편II

늦은 밤.

벌컥 뉴 소울의 문이 열렸다. 가장 먼저 모습을 드러낸 유나가 폴짝 허공으로 뛰었다.

"성공! 성공! 대성공!"

"꿈의 소녀들이 나가신다! 길을 비켜라!"

뒤이어 나타난 엘시가 척 팔짱을 끼고는 한껏 턱을 치켜세웠다.

드림걸즈 멤버들은 아직도 흥분을 가라앉히지 못하고 있었다.

다들 뺨이 벌겋게 상기되어 있었다.

뒤따라 들어온 현우와 후안이 서로를 보며 웃었다. 엘시가 현우의 팔을 잡고는 흔들었다.

"오빠도 봤죠? 그 많은 미국 관객들이 우리를 보고 좋아했던 거."

"봤지."

"믿기지가 않아요. 할리우드 볼에서 우리가 공연을 했다니! 애들아?"

엘시의 말이 떨어지기가 무섭게 유나와 멤버들이 일제히 기쁨의 비명을 질러댔다.

고요했던 뉴 소울이 순식간에 소란스러워졌다.

"짐꾼아! Music! Music! 빨리!"

흥이 오를 대로 오른 엘시가 짐꾼 오스카에게 큐 사인을 보냈다.

"Yeah! baby!"

오스카가 불량스러운 표정을 하곤 짐을 바닥에 내려놓았다.

그러고는 서둘러 핸드폰에 저장된 음악을 재생시켰다.

"야! 작잖아! 장난해? 경찰서 가고 싶어?"

"……."

엘시가 윽박을 지르자 오스카가 움찔했다.

결국 엘시와 멤버들이 후안에게 시선을 돌렸다.

"후안? 음악 틀어주시겠어요?"

크리스틴이 정중하게 부탁을 했다.

비글들의 부탁을 거절할 수가 없다는 것을 후안은 누구보다도 잘 알고 있었다.

"이 시간에 춤을 추고 놀겠다고? 후우. 지치지도 않나?"

"비글들이 괜히 비글들이겠어?"

현우가 후안의 어깨를 두드렸다.

"곧 한국에 돌아가니까 그때까지만 견디자."

후안이 다시 한번 한숨을 내쉬며 음악을 틀었다.

둥! 둥!

순식간에 뉴 소울 안에선 음악 소리가 울려 퍼졌다.

재즈 바를 겸하는 레스토랑답게 사운드 시설도 훌륭했다.

"놀자! 얘들아!"

"놀자! 놀자!"

엘시와 멤버들이 비트에 맞춰 살랑살랑 몸을 흔들어댔다.

오스카도 헤벌쭉한 얼굴로 점차 비트를 타기 시작했다.

"녀석들."

현우는 흥이 오른 엘시와 멤버들을 보며 빙그레 웃고 있었고, 후안은 혹시 또 사고라도 치지 않을까 불안한 표정이었다.

"꼬맹이도 잘 노는데, 오빠랑 후안은 뭐 하고 있어요? 우리 제작진들도 가만히 서 있기만 할 거예요? 오늘 같은 기념비적인 날에?"

엘시가 살짝 볼멘소리를 했다.

현우와 후안은 오픈 키친에 기대어 가만히 지켜만 보고 있었고, 제작진은 카메라를 들고 있는 감독들을 빼곤 다들 어색하게 서 있었다.

다른 멤버들은 물론이고 크리스틴까지 입이 쭉 나와 있었다.

결국 엘시가 특단의 조치를 내리기로 마음을 먹었다.

"얘들아! 다들 끌어내!"

"네! 언니!"

"유나몬은 현우 오빠! 연희몬은 후안을 데리고 오도록!"

엘시가 만화 속 장면처럼 허공에 볼을 던지는 시늉을 했다.

그렇게 명령이 떨어지자마자 유나가 현우에게 달려들었다. 그러고는 현우의 팔을 잡았다.

"가요! 우리랑 놀아요!"

현우가 피식 웃으며 고개를 끄덕였다.

후안도 연희에게 붙잡혀 가게 중앙으로 끌려 나왔다.

제작진들도 카메라 감독을 제외하곤 다들 끌려 나온 상태였다.

그때였다.

굳게 닫혀 있던 뉴 소울의 문이 또 벌컥 열렸다.

"Oh? Night party? 왜 나만 쏙 빼고 노는 건데?!"

무대의상을 그대로 입은 채 미스 J가 허리에 두 손을 얹고는 소리쳤다.

미스 J를 발견한 엘시가 씩 미소를 머금었다.

"제이나! 잘 왔어! Come on! 놀자! 여기 네가 좋아하는 라이언도 있다. Your love 라이언!"

"라이언?"

뒤늦게 현우를 발견한 미스 J의 눈동자가 몽롱해졌다.

현우는 그런 미스 J를 보며 곤란한 표정을 했다.

"캔디! 사랑해! 오늘 공연도 최고였고 너희도 정말이지 최고야!"

"Welcome! Welcome!"

한국어와 영어가 섞인 엉망진창 대화였지만 죽이 잘 맞는 엘시와 미스 J였다.

제작진과 작가들이 센스 넘치게 냉장고에서 맥주를 꺼내어 날랐다.

미스 J가 맥주 두 병을 들곤 서둘러 현우에게 달려들었다.

"현우, 여기."

"고맙다. 근데 말이지. 조금만 떨어지자."

밀착을 하려는 미스 J를 현우가 조심조심 밀어냈다.

그럼에도 불구하고 미스 J가 계속 현우에게 찰싹 달라붙었다.

"하아."

"뭐야? 왜 한숨이야, 라이언?"

"너무 기뻐서?"

"정말?"

"아닌 거 잘 알잖아."

"쳇. 라이언, 넌 어쩜 그렇게 한결같아? 다른 잘나가는 남자놈들은 한눈 잘만 팔던데. 다들 날 어쩌지 못해서 안달이라고!"

미스 J가 투정을 부렸다. 얼굴이면 얼굴, 몸매면 몸매, 그 누구한테도 꿀릴 게 없다고 생각을 해왔다.

하지만 보통의 남자들과 달리 현우는 친구 그 이상의 눈길은 절대 보내주지 않고 있었다.

현우가 쓰게 웃었다.

"내가 그런 사람이었으면 좋겠어?"

"그건 아냐. 그런 놈이 아니니까 내가 널 좋아하는 거겠지."

정말이지 너무나도 솔직한 태도에 현우도 살짝 당황스러웠다. 보통 외국 여자들이 진취적인 스타일이긴 했지만 미스 J는 유난했다.

부담스럽긴 했지만 그래도 할 말은 해야 했다. 맥주를 한 모금 마신 다음 현우가 입을 열었다.

"우리 아이들한테 기회를 줘서 고마워, 제이나."

"아니야. 나도 처음엔 골탕 좀 먹여볼라고 했었지 뭐. 첫날에도 그랬고, 오늘 공연도 반응 좋았어. 실력들도 있고 특히 에너지가 넘치던데? 뭔가 색다른 느낌이었어."

"좋게 평가해 주는데?"

"사실이니까. 그런데 미국 진출한다는 말 진심이야? 쟤네?"

미스 J가 막춤을 추며 분위기를 뜨겁게 만들고 있는 엘시와 멤버들을 가리키며 물었다.

현우가 고개를 끄덕였다.

"아마도. 일단 한국으로 돌아가서 확실하게 준비를 해야지."

"이번에 송 영화 촬영 끝나면 한국으로 갈 거지?"

"가야지. 너무 오래 자리를 비웠어. 나랑 지유를 기다리는 사람들도 많고."

문득 어울림 식구들이 그리워졌다.

"아쉽네. 그전에 꼬셔보는 건 불가능하겠지?"

미스 J가 작게 한숨을 내쉬었다. 현우가 작게 웃었다.

"잘 알고 있는데?"

"왁!"

갑자기 엘시가 둘 사이에 확 끼어들었다.

"캔디!"

"섹시!"

서로 간의 애칭을 부르며 엘시와 미스 J가 진한 포옹을 나누었다.

"있잖아, 라이언."

"어."

즐겁게 놀고 있는 사람들을 둘러보며 현우가 대답했다.

미스 J가 괜히 몸을 꽈배기처럼 꼬았다.

현우가 미스 J 쪽으로 다시 고개를 돌렸다.

"말해봐. 무리한 부탁만 아니면 최대한 들어줄 테니까."

현우의 말에 미스 J가 눈동자를 빛냈다.

"내일 산타모니카 해변에서 파티를 열 거야. 요트에서 비키니 파티 할 건데, 올 수 있어?"

"나, 나를?"

비키니 파티라는 말에 현우가 말까지 더듬었다.

"응. 여기 캔디랑 멤버들이랑 네 친구들이랑 한국 제작진 전부 와도 되니까. 올래?"

"뭐 좋지. 우리 아이들도 좋아하겠는데?"

현우의 대답에 미스 J의 얼굴이 환해졌다.

"그런데 난 빼줘. 나 뱃멀미 있어."

뒷말이 나오자 미스 J의 얼굴로 먹구름이 드리워졌다. 그러더니 엘시를 쳐다보았다.

"캔디? 네가 설득을 해봐. 이건 약속했던 거랑 다르잖아?"

순간 현우의 얼굴이 굳어졌다. 자동적으로 현우의 고개가 엘시 쪽으로 돌아갔다.

"너? 대체 날 어디까지 팔아넘긴 거야?"

"헤헤. 미안요, 미안. 딱 요트 파티까지만 희생 좀 해요. 이게 다 미국 진출을 위한 교두보가 될 거예요."

엘시가 현우의 눈치를 살피면서 설득을 했다.

"하아. 이러다 눈 떠보니 결혼식장에 있는 건 아니지?"

"에이, 설마요? 지유랑 오빠랑 나랑 환상의 의남매인 거 잊었어요?"

"환장의 의남매가 아니고?"

"아! 좀 도와주세요."

엘시가 말도 안 되는 억지 애교까지 부려댔다.

"하아."

현우가 질끈 두 눈을 감았다.

송지유도 미스 J가 현우를 좋아하고 있다는 사실을 잘 알고 있었다.

때문에 송지유가 알게 된다면 분명 불호령이 떨어질 만한 일이었다.

"설득한 거야? 캔디?"

"응? 뭐라고? 아? 걱정 마. 이래 보여도 이 사람이 지유랑 지혜랑 나한테는 유난히 약하거든."

"믿어볼게."

이상하게도 대화가 잘 통하는 엘시와 미스 J였다.

"좋아. 이번 한 번뿐이야."

"오케이! 고마워요! 오빠!"

엘시가 신이 나서 방방 뛰었다.

"Yes! 비키니 골라봐야겠어!"

미스 J가 엘시를 껴안으며 소리쳤다.

"지유야… 보고 싶다."

현우가 혼잣말을 중얼거렸다.

오늘따라 유난히 송지유가 그리웠다.

*   *   *

Santa Monica Beach.

즉 산타모니카 해변, LA의 대표적인 해변 중 하나인 이곳으로 뉴 소울의 트럭과 함께 한국에서 온 방송국 차량들이 몇 대나 세워져 있었다.

찬란한 햇빛 아래 쭉쭉 뻗어 있는 야자수와 황금빛으로 빛나는 백사장, 그리고 그 너머엔 푸른 바다가 끝도 없이 펼쳐져 있었다.

자유로운 옷차림의 관광객들과 현지 주민들이 어우러져 산타모니카 해변은 더없이 활기가 넘쳤다.

씩. 짐 가방을 내려놓곤 오스카가 묘한 웃음을 머금었다.

며칠 전만 해도 LA 뒷골목을 배회하던 갱의 조직원 신세였다.

하지만 단 며칠 사이에 신세가 확 달라져 있었다.

짐꾼이라는 처지가 서글프고 자존심이 상하기는 했지만 오늘이 바로 그 모든 설움들을 보상받는 날이었다.

오스카가 고개를 돌려 방송국 차량을 살폈다.

이제 잠시 후면 천국의 문이 열릴 것이었다.

씩. 자꾸만 웃음이 났다.

"오스카? 너 뭐 잘못 먹은 거야?"

후안이 선글라스를 내리곤 오스카를 살폈다.

오스카가 다시 한번 씩 웃으며 고개를 저었다.

"아뇨? 아침 든든히 잘 먹었는데요?"

"근데 왜 그렇게 넋을 놓고 있어?"

씩. 대답 대신 오스카가 그저 웃기만 했다.

"감독님들! 비글들! 나갑니다!"

제작진 한 명이 신호를 보냈다.

미리 구도를 잡아놓고 있던 카메라 감독들이 일제히 고개들을 끄덕거렸다.

제작진 버스의 문이 열렸다.

오스카뿐만 아니라 후안도, 그리고 모든 제작진들이 숨을 죽였다.

그리고 마침내 드림걸즈 멤버들이 커다란 타월을 두른 채로 버스에서 내렸다.

"Oh!"

오스카가 자기도 모르게 탄성을 질렀다.

이제 저 타월만 치우면 천국이 현실 세계에 도래할 것이었다.

"갑니다! 아는 언니들에서 최초로 수영복 공개!"

엘시가 진행을 시작했다.

그런 다음에는 엘시와 멤버들이 카운트다운을 하기 시작했다.

"하나! 둘! 셋! 공개! 짜잔!"

엘시와 멤버들이 일제히 타월을 벗어 던졌다.

씩. 오스카의 입이 찢어졌다. 하지만 얼마 안 가 오스카의 얼굴이 구겨졌다.

"What the fuck! Fuck! 이럴 순 없다고! 빌어먹을!"

오스카가 땅을 내려쳤다.

"……."

"……."

카메라 감독들도 살짝 실망한 표정을 지었다.

그럴 수밖에 없는 게 엘시와 멤버들이 비키니가 아닌 래시 가드를 착용하고 있었기 때문이었다.

"오스카? 너 어디 가냐?!"

후안이 백사장을 벗어나고 있는 오스카에게 소리쳤다. 오스카가 고개를 돌렸다.

"래시가드 만든 새끼 죽이러 가는데요. 왜요?!"

"같이 가자고! 너 총 있지?"

"예! 있죠!"

"나도 하나만 줘봐!"

후안과 오스카를 보며 제작진이 웃음을 터뜨렸다.

뒤늦게 버스에서 내린 현우가 후안과 오스카를 막아섰다.

"워워. 진정들 해."

"현우, 네가 그랬지? 아름다운 세뇨리타들에게 네가 대체 무슨 짓을 한 줄 알아? 엉?"

"전 사장님을 존경하려고 했는데, 실망입니다! 비키니를 돌려주세요!"

항변을 하고 있는 후안과 오스카를 보며 현우가 그저 빙그레 웃었다.

그때였다.

갑자기 제작진과 주변을 지나던 시민들 사이에서 탄성이 터져 나왔다.

"Oh! God!"

"……!"

오스카가 탄성을 내질렀고, 후안도 꿀꺽, 마른침을 삼켰다.

미스 J가 순백의 비키니 차림을 한 채로 걸어오고 있었다.

육감적인 몸매에 수많은 시선이 꽂혔다.

카메라 감독들도 일제히 카메라를 돌렸다.

"뭐, 뭐야?! 우릴 찍어야죠! 감독님들!"

엘시가 소리를 질렀지만 소용이 없었다.

"라이언! 왔어?"

현우의 앞에 서서 미스 J가 눈웃음을 머금었다.

"사장님, 존경합니다. 여전히 사장님은 제 우상이에요."

오스카의 아부 짙은 말에 현우가 쓴웃음을 머금었다.

그런 다음에는 미스 J를 쳐다보았다. 아주 작정을 한 것 같았다.

"제이나, 버스 가서 갈아입고 와."

"왜? 내가 얼마나 야심차게 준비한 비키니인데?! 호오? 마음이 좀 흔들리는 모양이지?"

미스 J가 현우에게 묘한 눈길을 보냈다. 반면 현우는 눈살을 찌푸렸다.

"하아. 제이나, 그런 게 아니야. 지금 한국 예능 촬영 중이잖아. 우리 아이들 프로는 12세 관람가라고. 너 대체 무슨 생각을 하는 거야? 내가 애도 아니고 수영복이 뭐가 어때서?"

"아? 아하하."

혼자 이상한 상상을 한 미스 J가 얼굴을 붉혔다.

"나, 나한테 맞는 게 있으려나?"

괜히 혼잣말을 중얼거리며 미스 J가 버스로 향했다.

*　　　　*　　　　*

거대한 호화 요트 선상에서 파티가 벌어졌다.

호화 요트는 에어컨 시스템까지 갖추고 있었다. 그리고 투명 유리로 된 천장 위에서는 화사한 햇빛이 쏟아지고 있었다.

드림걸즈 멤버들은 잔뜩 신이 나 있었다.

요트 중앙에 자리를 잡고 있는 수영장에서 미스 J와 함께 물놀이를 하고 있었다.

현우와 후안은 나란히 베드에 기대어 칵테일을 홀짝이고 있었다.

"후안, 며칠 동안 고생 많았다. 우리 아이들이 좀 활발하지?"

"후우… 이제 며칠 남았지?"

"하하. 그 정도야?"

엘시와 멤버들이 돌아갈 날만 세고 있는 후안을 보며 현우가 크게 웃었다.

"그나저나 지유가 알면 현우, 너를 죽이려 할 텐데, 괜찮겠어?"

"음… 뭐 어때? 프로그램 촬영 중이고, 후안 너도 옆에서 지켜봤잖아. 난 지유뿐이야."

"인정하는 바다."

후안이 고개를 끄덕였다.

드르륵.

그때 현우와 후안의 핸드폰이 연이어 울렸다. 후안이 먼저 핸드폰을 집어 들었다.

"지유네?"

"어? 지유?"

"응. 어디에서 뭐 하냐고 나한테 물어보는데? 미스 J, 저 여자가 여기 있는 거 알면 난리가 날 텐데 뭐라고 하지? 일, 일단 프로그램 촬영 중이라고 할게."

후안이 급히 문자를 작성했다.

현우도 벌떡 일어나 핸드폰을 집어 들었다.

드르륵.

마침 전화가 왔다. 현우가 급히 핸드폰을 들었다.

"응. 지유야, 나야."

─나예요.

"어, 어."

─왜 말을 더듬어요?

"어? 아니? 그냥?"

─다연 언니랑 다들 잘 있죠?

"응. 지금 프로그램 촬영 중이야."

─요트에서요?

순간 소름이 돋았다.

현우가 애써 침착함을 유지했다.

"어. 요트에서 촬영 중이야."

─네. 그렇구나. 제이나도 잘 있죠?

"……"

─왜 대답이 없어요?

"지유야… 그게 말이지. 사연이 길어. 다, 다연이가 날 팔았어. 나도 당한 거야. 알잖아? 다연이가 어떤지?"

─아하, 그렇구나? 다연 언니가 오빠를 팔았구나?

"으, 응. 맞아!"

─그럼 난 오빠를 죽일 거예요.

"지, 지유야?"

─이제 요트 보인다. 손 흔들어요. 빨리.

뚝! 전화가 거칠게 끊겨 버렸다.

현우가 급히 고개를 돌렸다. 그리 멀지 않은 곳에서 보트 한 대가 빠른 속도로 다가오고 있었다.

"아, 망했다."

현우가 툭, 핸드폰을 떨어뜨렸다.

보트 위에서 기다란 머리카락을 휘날리며 송지유가 특유의 무표정으로 손을 흔들고 있었다.

"……."

꿀꺽, 현우가 마른침을 삼켰다.

어느새 보트가 요트 근처로 다가오고 있었다. 그리고 정말 이지 오랜만에 보는 특유의 무표정으로 송지유가 계속해서 손을 흔들고 있었다.

꼭 영화 속 귀신을 보는 것 같았다.

그사이 송지유를 태운 보트가 요트 가까이에 닿았다.

"지, 지유야."

"사장님?"

후안과 현우가 동시에 손을 내밀었다.

송지유가 고민할 새도 없이 후안의 손을 잡고 요트 위에 내렸다.

"후안, 고마워. 행복해 보이네?"

현우는 쳐다보지도 않고 송지유가 후안에게 살짝 웃어 보였다.

"어? 내가? 전혀! 전혀 행복하지 않아! 나 말이야. 지유, 네가 너무 보고 싶었어. 저 비글들 때문에 너무 힘들었다고!"

울상을 하고 있는 후안은 진심이었다.

안 봐도 비디오였다. 송지유가 후안의 등을 다독였다.

"고생했어. 이제 내가 복수해 줄게."

송지유의 시선이 수영장에서 신나게 놀고 있는 엘시와 멤버들에게로 향했다.

그 틈에 섞여 있는 미스 J를 발견하곤 송지유가 현우를 노려보았다.

"좋았겠어요? 미국 여자 친구랑 행복한 시간을 보내는 중이었으니까."

송지유가 잔뜩 골이 난 표정을 했다.

현우가 가만히 송지유를 바라보았다. 자기 딴에는 최대한 냉기를 풍기려고 하고 있었는데, 확실히 어렸을 적 유난히 차갑고 쌀쌀맞았던 그때의 모습은 많이 사라지고 없었다.

"하하."

결국 현우가 웃고 말았다.

"왜 웃어요? 지금 내가 장난 같아요? 생각이 있으면 머리를 해요! 머리를! 아!"

송지유가 입술을 깨물었다.

화가 나는 바람에 이상하게 말을 해버렸다. 현우가 함박미

소를 지으며 송지유를 품 안에 안았다. 그러고는 작은 등을
토닥였다.

"뭐, 뭐 하는 거예요? 이러면 풀릴 줄 알아요?"

"귀여워서."

"나 화났다니까요?"

"알아."

송지유가 발버둥을 쳤지만 현우는 절대 품에서 놓아주지
않았다.

현우가 머리카락을 쓰다듬으며 속삭였다.

"며칠 못 봤다고 보고 싶어 죽는 줄 알았네."

"그런 사탕발림 같은 거 안 통해요."

"아쉽네. 근데 나는 송지유가 제대로 통한 거 같다."

"……."

송지유가 현우의 품속에서 말없이 얼굴을 붉혔다.

경직되어 있던 송지유가 풀어지는 걸 현우는 느꼈다.

"저 미국 여우가 오빠한테 꼬리 쳤어요?"

현우의 품속에서 송지유가 작은 목소리로 물었다.

"조금? 근데 알잖아. 나한테는 송지유밖에 안 통해."

"정말요?"

"그럼. 미국 여우가 천년 묵은 불여우한테 상대가 될 리가
없잖아?"

"치. 내가 왜 불여우예요?"

송지유가 현우의 가슴팍을 두들겼다.

"솔로 앞에서 또 염장을 지르는구나. 하아."

싸우다가도 금방 풀어지는 현우와 송지유를 보며 후안이 안도감과 아쉬움이 반반씩 섞인 한숨을 내쉬었다.

비글들의 마수로부터 벗어나나 했더니 이제는 새로운 유형의 고통이 후안을 기다리고 있었다.

*　　　　*　　　　*

"여기 진짜 좋다! 섹시!"

"좋지, 캔디? 그러니까 나랑 친하게 지내라니까? 송보단 이 미스 J지!"

"인정!"

엘시가 손가락으로 OK를 그려 보았다.

요트도 훌륭했고, 특히 요트 안에 자리를 잡고 있는 이 수영장은 더욱 좋았다.

유리 천장 위로 쏟아지는 햇살을 만끽하며 드림걸즈 멤버들이 행복한 시간들을 보내고 있었다.

한편, 오스카는 짐꾼이라는 명목으로 수영장 안을 감상하고 있었다.

래시가드 개발자를 생각하면 아직도 화가 치밀어 올랐지만 나름대로 행복한 시간이었다.

"신이시여. 감사합니다, 감사합니다."

하늘을 보며 기도문을 중얼거리던 오스카가 등 뒤에서 느껴지는 기척에 고개를 돌렸다.

현우와 후안이 보였다.

그리고 현우 옆으로 낯선 동양인 여자의 모습이 보였다. 순간 오스카가 벌떡, 일어났다.

"Oh! Shit! 아스카 공주잖아! 세상에!"

오스카는 두 눈을 의심했다.

전 세계 'Galaxy Wars' 팬들의 새로운 공주가 갑자기 눈앞에 나타났다.

오스카 역시 'Galaxy Wars'의 열렬한 팬 중 한 명이었다.

"사, 사장님? 이게 대체? 예?"

"아, 내가 말을 안 했구나? 이미 알아본 것 같은데 그래도 소개는 해야겠지? 지유야, 송지유."

"안녕? 네가 우리 가게에 새로 온 아이구나?"

송지유가 살랑 손을 흔들어주었다.

"……"

오스카가 멍한 얼굴을 했다.

여태껏 살면서 본 여자들 중에 가장 아름다운 여자가 눈앞에 서 있었다.

이내 오스카가 한곳으로 시선을 고정시켰다. 아스카 공주가 현우의 팔짱을 꼭 끼고 있었다.

'나, 나도 저렇게 될 수 있을까?'

존경을 넘어 현우가 다른 세상의 사람처럼 보일 정도였다.

"너 불량 청소년이었다면서? 앞으로는 성실하게 살아. 나쁜 짓은 하지 말고. 후안한테 요리도 배우도록 해. 알았지?"

"예, 예! 무조건 할게요! 무조건요! 이번에는 진짜예요!"

살짝 미소를 지어주며 송지유가 수영장 안을 들여다보았다.

엘시와 그 배신자 무리가 미국 여우와 물장난을 치며 행복한 시간을 보내고 있었다.

송지유의 눈동자에서 한기가 뿜어졌다.

"지유야?"

"놔요. 말리지 마."

송지유가 냉기를 뿜어내며 천천히 걸음을 옮겼다.

오스카가 그 뒷모습을 뚫어져라 쳐다보았다.

딱!

후안이 오스카의 뒤통수를 가격했다.

"악! 왜요? 형?"

"눈에서 레이저 나오겠다! 넌 어린 게 왜 이렇게 여자를 밝혀?!"

"여자를 밝히는 게 아니고 우리 동네에는 저렇게 예쁜 여자들이 없었다고요! 신기해서 그래요! 왜요?!"

"그, 그래?"

묘한 설득력에 후안이 금방 수긍을 했다.

현우는 묘하게 죽이 맞는 후안과 오스카를 보며 피식 웃었다.

한편, 수영장 안에서는 비치 볼을 가지고 한창 흥겨운 물놀이가 펼쳐지고 있었다.

"여기! 유나야! 여기!"

제시가 손을 높이 들었다.

유나가 물속에서 뛰어오르며 비치 볼을 제시에게 던졌다.

비치 볼을 집어 든 제시가 그대로 엘시를 향해 비치 볼을 날렸다.

"맞아라! 땅콩!"

수직으로 날아간 비치 볼을 민첩하게 피해내며 엘시가 씩, 웃었다.

"어떠냐? 이 땅콩의 속도가? 힙합 키다리!"

"야! 말이 심하잖아!"

"기다려! 내가 바로 복수한다!"

엘시가 몸을 돌려 수영장 밖으로 나간 비치 볼을 찾았다.

그런데 방금 전까지만 해도 바닥에 떨어져 있던 비치 볼이 감쪽같이 사라진 상태였다.

"어디 갔어? 응?"

문득 보이는 새하얀 다리에 엘시가 고개를 갸웃거렸다. 엘시가 천천히 고개를 들었다.

"어? 송지유랑 똑같이 생겼다. 누구세요?"

엘시의 천연덕스러움에 송지유가 무표정으로 맞대응을 했다.

"그러게요. 누굴까요?"

"하이? 헬로? 안녕?"

엘시가 손을 들어 보이며 마치 처음 보는 것처럼 인사를 건넸다.

송지유도 생긋 웃어주었다.

"하이? 헬. 안녕?"

익숙한 인사이긴 했는데, 가운데 긴 단어의 어감이 좀 이상했다.

"헬? 지옥? 아, 아하하."

엘시가 황급히 몸을 돌리려 했지만 송지유가 한발 더 빨랐다.

비치 볼이 바람을 가르며 엘시에게로 향했다.

퍽!

뒤통수를 가격당한 엘시가 휘청거렸다.

"비상! 비상! 한국산 불여우 등장! 애들아!"

"불여우? 불여우?!"

송지유가 입술을 깨물고는 엘시와 멤버들을 노려보았다.

엘시가 황급히 유나의 등 뒤로 숨었다.

"지유야! 오해야!"

"어떤 점에서 오해요? 현우 오빠를 저 미국 여우한테 팔아 넘긴 거?"

"너, 너? 어디까지 알고 있어?"

"전부 다?"

송지유가 차갑게 웃었다. 엘시가 당황해했다.

"그, 그럴 리가 없는데?"

"그럴 리가 있을걸요? 그러니까 평소에 잘했어야죠."

엘시가 눈을 크게 떴다.

내부에 배신자가 있다는 뉘앙스였다.

"누, 누구야?"

"미안해요, 언니."

"유, 유나, 너였어?"

엘시가 유나를 쳐다보며 믿지 않는다는 표정을 했다.

유나가 푹 고개를 숙였다가 다시 들었다. 그러고는 눈물까지 글썽였다.

"언니가 나한테 실수했잖아요."

"시, 실수?"

"내 머핀! 후안이 만들어준 머핀! 아침에 먹으려고 냉장고에 넣어놨는데, 왜 먹었어요? 왜 그랬어요?"

"미, 미안. 몰랐어!"

"그리고 미국 오기 전에 배하나 정식에 투표한 거 나 봤어요. 유나 정식이 언니 때문에 이달의 정식에서 떨어진 거 알아요?"

"어? 그랬어? 근데, 배하나 정식이나 유나 정식이나 똑같잖아! 그래서 그냥!"

"내 정식을 모욕하지 마요! 하나 햄버거에 들어가는 소스는 불고기 소스고, 내 햄버거는 바비큐 소스라고요!"

"그게 그거 아냐?"

"아니에요!"

엘시가 당황해했다.

"유나야, 꼭 잡고 있어."

"응!"

유나가 얼른 엘시를 포박했다.

배하나와 함께 어울림 양대 소녀 장사에 속하는 유나였다.

엘시가 몸부림을 쳤지만 소용이 없었다.

풍덩!

송지유가 그대로 수영장 안으로 다이빙했다.

"뇨! 내, 내가 엄청 큰 머핀 사줄게! 다음 달에는 유나 정식에 투표할게! 유나야!"

"늦었어요!"

마치 영화 '죠스'의 한 장면처럼 송지유가 물살을 가르며 다가왔다.

"야! 수진아!"

"미안, 이다연."

"조수진! 너마저!"

"얘, 얘들아? 살려줘!"

엘시가 다른 멤버들을 불렀지만 소용들이 없었다.

마침내 송지유가 물살을 가르며 엘시의 코앞에서 솟아올랐다.

"하이?"

"뭐, 뭐야? 너 왜 연기해? 갑자기 엄청 무섭잖아, 송지유!"

엘시가 기겁을 했다.

물속에서 튀어나온 송지유가 꼭 공포 영화 속 주인공 같았다.

"사, 살려주세요! 송지유가 사람 친다!"

"그냥 진짜 칠까요?"

"안, 안 돼!"

엘시가 두 눈을 질끈 감아버렸다.

그런데 이상하게 아무런 일도 벌어지지 않았다.

살짝, 실눈을 떠보니 익숙한 뒷모습이 보였다.

"섹시? 섹시!"

엘시의 구세주는 미스 J였다.

가만히 상황을 지켜만 보고 있던 미스 J가 나선 것이다.

"오랜만이네? 송?"

"내 이름은 지유야. 송이라고 부르지 말랬지?"

"너도 내 이름 안 부르잖아!"

미스 J가 항변했다.

송지유가 살짝 웃었다.

"굳이 내가 네 이름을 불러야 해? 야, 아니면 너면 충분한데?"

"이게? 자꾸 까불래?"

"너나 까불지 마! 왜 해만 떨어지면 우리 오빠한테 '뭐 해? 자?'라고 보내는 건데?"

"궁금하니까 그렇지!"

"그럼 그 흉측한 사진들은 왜 자꾸 우리 오빠한테 보내?"

"흉측해? 내 비키니 사진이 왜 흉측해?"

미스 J의 외침에 갑자기 분위기가 싸해졌다.

크리스틴의 재빠른 통역을 전해 들은 엘시와 멤버들도 고개를 좌우로 저었다.

"미국 여우가 잘못했네."

"그러네. 지유가 화날 만해."

제시와 연희가 서로를 보며 말했다.

처음에는 송지유가 좀 심했다 싶었는데, 단순히 연락을 넘어 사진까지 보낸다는 말에 차마 실드를 칠 수가 없었다.

"그럼 너도 비키니 입어! 입지도 못하는 게?"

"내가 왜 못 입어? 안 입는 거야."

"그래? 나한테 꿀려서 그러는 게 아니고?"

미스 J가 갑자기 홀러딩 래시가드를 벗어버렸다.

래시가드에 숨겨져 있던 육감적인 몸매가 훤히 드러났다.

"신이시여! 감사합니다!"

오스카가 또 혼잣말을 중얼거렸다.

제작진들도 시청률 생각에 가만히 숨을 죽이고 있었다.

"후우."

현우가 이마를 짚었다.

미스 J 때문에 그런 게 아니었다. 절대 물러서지 않는 송지유의 성격을 누구보다도 잘 알고 있었기 때문이었다.

송지유가 분한 표정을 하다 씩 웃었다.

"너? 실수했어. 너만 벗을 줄 알아? 너만 몸매 부심 있는 줄 알아? 원래 진짜들은 감추는 법이야."

송지유가 래시가드의 끝자락으로 손을 가져갔다.

"제발! 신이시여!"

오스카가 두 손을 모으고 간절한 표정을 했다.

일촉즉발의 순간, 엘시가 눈을 크게 떴다.

"야! 송지유! 너까지 왜 그래? 지금 촬영 중이야! 얘들아! 말려!"

엘시의 외침에 멤버들이 서둘러 송지유를 뜯어말렸다. 엘시는 급히 미스 J에게 래시가드를 입혔다.

"이럴 순 없어!"

오스카가 절규를 하는 사이 유나에게서 풀려난 엘시가 송지유와 미스 J의 사이를 막아섰다.

"저기? 친구들? 잠깐 내 말 좀 들어보지 않을래?"

"언니는 비켜요!"

"땅콩! 너는 비켜!"

"……."

엘시가 꿀 먹은 벙어리가 되어버렸다.

그러다 엘시의 얼굴이 붉어졌다.

"땅콩이라고 하지 말라고! 그리고 송지유 너! 내가 언니인 거 잊었어? 죽을래? 얘들아, 공격!"

"공격!"

"야! 나 말고!"

유나가 엘시를 붙잡고 늘어졌다.

다른 멤버들도 어지럽게 뒤엉켜 수영장이 순식간에 개판이
되어버렸다.

미스 J가 물 위에 둥둥 떠 있는 비치 볼을 집어 들었다.

"송! 이 비치 볼로 승부를 내자! 넌 나한테 안 돼!"

"뭐라는 거야? 덤비기나 해."

비치 볼이 이리저리 왔다 갔다 하며 난리 블루스가 펼쳐졌
다.

"하하."

세기의 앙숙 송지유와 미스 J, 그리고 지옥에서 온 비글들
까지.

현우가 허공을 가로지르고 있는 비치 볼을 보며 쓰게 웃었
다.

"후안, 네가 나서야겠는데?"

"내가?"

후안이 고개를 갸우뚱했다.

천하의 현우도 말리지 못하는 이 난장판을 대체 어쩌란 소
리인가 싶었다.

"일단 비글들부터 물에서 건지자, 후안."

"아하?"

뒤늦게 현우의 의중을 파악한 후안이 다시 고개를 갸우뚱
했다.

"근데 이게 통할까?"

"충분히 통해."

"그, 그래? 그럼… 저기? 저기! 밥 먹읍시다! 내가 요리해 줄 게요!"

후안이 두 손을 모아 크게 소리쳤다.

"밥이다! 밥! Hungry! 후안!"

유나가 가장 먼저 반색을 하곤 수영장에서 빠져나왔다.

"나도 밥! 밥!"

연희를 따라 멤버들이 하나둘 수영장에서 빠져나왔다.

"이게 통해?"

후안이 현우를 보며 황당해했다. 현우는 그저 웃음만 흘릴 뿐이었다.

갑자기 분위기가 조용해지자 맹렬히 비치 볼을 주고받던 송지유도 냉정을 찾았고, 미스 J도 흥분을 가라앉혔다.

"승부는 끝나지 않았어! 송!"

"마음대로 생각해."

송지유가 먼저 수영장에서 나왔다.

현우가 얼른 커다란 타월을 둘러주었다. 미스 J가 그 모습을 부러운 듯 보고 있었다.

한편, 비글들이 초롱초롱한 눈동자로 후안을 쳐다보고 있었다.

'제, 젠장.'

또 얼마나 많은 요리를 만들어 바쳐야 할지 감도 잡히지 않았다.

그렇게 꿀 같은, 그리고 짤막한 여름휴가가 끝나가고 있었다.

*   *   *

"유나야, 거기 장식장 안에 먼지 있잖아?"

"웅! 지유야!"

"다연 언니, 설거지를 한 다음에는 마른 천으로 물기를 닦아요."

"예~ 예~"

유나가 큰 키를 활용해 장식장 사이사이의 먼지를 닦아냈다.

엘시도 고무장갑을 낀 채로 오픈 키친에서 설거지를 하고 있었다.

다른 멤버들도 각자 맡은 구역에서 바닥을 쓸거나 닦는 등, 뉴 소울은 이른 아침부터 분주했다.

"송, 같은 소속사 가족들이라며? 너무 부려먹는 거 아니야?"

테이블 의자에 앉아 있던 미스 J가 송지유에게 물었다.

송지유가 고개를 돌렸다. 다리를 꼬고 편하게 앉아 있는 미스 J를 보며 송지유가 한껏 눈썹을 찌푸렸다.

"며칠 동안 편하게 먹고 놀았으면, 일도 해야 하지 않겠어? 물론 너도 포함해서."

뼈 있는 말에 미스 J가 발끈했다.

"나? 내가? 난 손님이야!"

"불청객이겠지."

"치사하게 이럴 거야?"

미스 J가 억울해했다.

현우를 향한 흑심이 잔뜩 끼어 있긴 했지만, 할리우드 볼이라는 꿈의 공연장에 드림걸즈 멤버들을 세워줬다.

그런데 불청객이라니, 정말이지 억울했다.

"라이언! 얘 좀 어떻게 해봐!"

"하하. 귀여운데 왜?"

"넌 이게 귀여워? 중증이네, 정말?"

미스 J의 투정에도 현우는 그저 웃기만 했다.

후안 역시 뉴 소울에 평화와 안식을 가져온 송지유에게 그저 고마울 따름이었다.

"지유, 고마워. 역시 너는 나의 세뇨리타야."

"별거 아냐. 후안, 아침 준비는?"

"다 끝났지. 저 비글들 없으니까 요리도 금방금방 잘되더라."

"다행이네. 그동안 고생 많이 했어."

그사이 대대적인 대청소가 끝이 났다.

대청소를 끝낸 엘시와 멤버들이 초롱초롱한 눈동자로 송지유를 쳐다보고 있었다.

"다들 집합하세요!"

송지유가 손바닥을 짝, 마주치며 비글들을 소집했다.

드림걸즈 멤버들이 우르르 송지유의 앞에 섰다.

지은 죄가 있는 엘시가 차렷 자세로 크게 외쳤다.

"엘시 외 일동! 청소 끝!"

"잘했어요. 이제 아침을 먹을 거예요."

"나이스! 밥이다! 밥!"

식충이인 유나가 가장 좋아했다.

송지유가 오픈 키친 쪽을 가리키며 다시 말을 이어갔다.

"조금씩 퍼서 먹도록 해요. 모자라면 후안이 요리를 더 해 줄 테니까 재촉하지 말고. 알았죠?"

"네!"

유나가 크게 소리쳤다.

엘시와 멤버들이 오픈 키친 테이블에 나란히 앉아 아침 식사를 시작했다.

현우와 송지유도 접시에 음식을 담아 와 아침 식사를 시작했다.

　미스 J가 엘시의 옆에 앉았다. 그리고 속삭였다.

　"캔디, 대체 왜 쟤 장단에 맞춰주는 거야?"

　"응? 뭐라고?"

　"왜 지유랑 놀아주냐고 묻네."

　크리스틴이 포크를 내려놓으며 통역을 해주었다.

　엘시가 송지유를 쳐다보며 일부러 크게 입을 열었다.

　"가뜩이나 친구도 없는데, 미국에서 친구 한 명 없이 얼마나 외로웠겠어. 우리라도 놀아줘야지. 피곤하긴 하지만 송지유 쟤랑 놀아주면 은근히 재미있거든. 근엄한 척, 무서운 척하는 것도 귀엽고."

　"뭐라고요?"

　"아? 들렸어?"

　엘시가 태연한 표정으로 대꾸했다.

　"……."

　송지유의 얼굴이 점점 붉어졌다.

　"지유야, 아침 먹은 다음에는 뭐 하고 놀아줄까?"

　"……."

　유나의 마무리 일격에 송지유가 붉어진 얼굴로 푹, 고개를 숙였다.

숨겨놓았던 본심이 들켜 버린 것이었다.

엘시가 포크를 내려놓고 작은 한숨을 내쉬었다.

"에고, 정말이지. 송지유, 넌 하나도 안 변했네."

엘시가 자리에서 일어나 송지유에게 다가갔다. 그러고는 송지유를 안아주었다.

"응?"

급작스러운 훈훈함에 미스 J가 인상을 구겼다.

찔러도 피 한 방울 나오지 않을 것 같은 송지유가 전혀 의외의 모습을 보이고 있었다.

"라이언? 쟤 왜 저래? 저거 다 연기 아냐?"

현우는 대답 대신 그저 빙그레 웃으며 고개를 저었다. 그러고는 엘시와 송지유를 눈 안에 담았다.

"미국에서 영화 찍느라 고생 많았어. 우리 보고 싶었지?"

"……."

"보고 싶었어, 안 보고 싶었어? 딱 말해."

엘시가 사뭇 엄한 목소리를 냈다.

송지유가 엘시의 품에서 고개를 들곤 눈물을 글썽였다.

"보고 싶었어요. 언니랑 전부 다."

"옳지."

엘시가 송지유의 등을 토닥였다.

다른 멤버들도 하나둘, 자리에서 일어나 송지유를 감쌌다.

"이거 나만 소외되는 기분이잖아?"

미스 J가 홀로 어쩔 줄을 몰라 했다.

드림걸즈 멤버들과 제법 친해졌다고 느꼈는데, 지금 이렇게 보니 송지유와 드림걸즈 멤버들 간의 돈독한 우정이 크게 느껴졌다.

당연한 것인데도 괜스레 서운한 마음이 들었다.

"제이나, 너도 가봐."

"나? 내가?"

정색을 하는 미스 J를 보며 현우가 피식 웃었다.

"내가 보기엔 너랑 지유도 제법 친해."

"그, 그래?"

"한국 속담에 고운 정보다 미운 정이 더 무섭단 말이 있거든."

"라이언, 네가 그렇다면야."

미스 J도 자리에서 일어나 송지유에게로 다가갔다.

송지유가 붉어진 눈으로 미스 J를 쳐다보았다.

"넌 왜?"

"뭐?"

"내가 우니까 통쾌해?"

송지유가 물었다.

미스 J가 멈칫하다 한숨을 내쉬었다.

"내가 너처럼 독한 년인 줄 알아? 아니거든?"

"근데 왜?"

"시끄럽고 그냥 이리 와."

미스 J가 쭈뼛거리다가 송지유를 안아주었다.

앙숙끼리의 포옹이었다. 미스 J가 조심스레 말을 꺼냈다.

"송, 우리 잠깐 휴전할래?"

"휴전?"

"임시 동맹 같은 거? 라이언을 노리는 여자들이 어디 한둘이야? 가장 유력한 나랑 동맹을 맺는 것도 나쁘지 않을걸? 어때?"

"그래. 그것도 나쁘지 않겠네."

송지유가 미스 J에게 살짝 웃어주었다.

*　　　*　　　*

"접시들은 차곡차곡 모아서 오스카한테 주세요."

"네!"

유나가 힘차게 대답을 하며 접시를 모았다.

그리고는 오픈 키친에 서서 흐뭇한 미소를 머금고 있는 오스카에게 그릇을 넘겼다.

"후안, 할아버지들은?"

"휴가 가셨어. 지유 네가 온 걸 알면 좋아하실 텐데 말이지."

"할아버지들도 보고 싶었는데."

송지유가 삐죽, 입을 내밀었다.

그렇게 아쉬워하다가 송지유가 엘시와 멤버들을 쳐다보았다.

"오늘 촬영 스케줄 있어요?"

"오늘은 없어. 우리 프리해. 맞죠, 언니들?"

엘시가 작가들에게 물었다. 작가들이 연신 고개를 끄덕거렸다.

송지유가 현우를 쳐다보았다.

"괜찮을까요?"

"으음."

현우가 진지한 표정으로 팔짱을 끼고는 고민을 했다.

알쏭달쏭한 현우와 송지유의 대화에 엘시가 습관처럼 눈을 가늘게 떴다.

"뭐예요? 마치 사고뭉치 조카들을 마트에 데려갈까 말까, 망설이는 것 같은 그 표정은?"

"티 났어요?"

환상적인 비유에 송지유가 풋 하고 웃어버렸다.

엘시가 볼을 부풀렸다.

"방송 재미있게 하려고 그런 거지! 우리 조신한 여자들이라고!"

"확실해? 내가 보기에는 방송 핑계 삼아 본성을 드러내는 거 같던데?"

"아, 티 났어요?"

현우의 일침에 엘시가 송지유의 말을 그대로 따라 했다.

제작진이 웃기 시작했다.

"아! 뭔데요? 궁금해 죽겠네."

엘시가 발을 동동 굴렀다.

현우가 송지유를 보며 씩 웃었다.

"지유야, 그냥 말해줘야겠는데?"

"그래요."

"사실은 내일 뉴욕에서 자선 파티가 있어. 나랑 지유는 초대를 받은 상태야. 너희들도 같이 갈래?"

"자선 파티요? 무슨 자선 파티요?"

연희가 물었다.

"빈곤 아동 지원을 위한 모금 파티야."

현우가 열심히 설거지를 하고 있는 오스카를 흘깃 보며 대답했다.

"드레스랑 필요한 것들은 전부 다 준비해 놨어요."

송지유가 말을 덧붙였다.

송지유의 말에 드림걸즈 멤버들의 얼굴이 환해졌다.

"가자! 갈래! 얘들아! 가자!"

"가요!"

엘시와 멤버들이 신이 나서 소리쳤다.

기뻐하는 드림걸즈를 보며 현우와 송지유가 빙그레 웃었다.

"라이언! 나도 같이 갈래."

"제이나, 넌 당연히 가야지. 너희 회사에서 열리는 자선 파티인데."

"아, 그랬었어?"

"소속사 일정에 너무 무관심한 거 아냐, 제이나?"

"그, 그렇긴 하지?"

"우리 오빠한테 관심 끄고 소속사나 챙겨."

송지유의 일침에 미스 J가 얼굴을 붉혔다.

*   *   *

뉴욕 중심가에 위치한 S 뮤직사 앞으로 순백의 호화 리무진 한 대가 들어섰다.

"왔다! 드디어 왔다!"

대기를 하고 있던 사진기자들과 파파라치들이 서둘러 리무진을 향해 몰려들었다.

"우와? 이거 진짜예요?"

창밖의 광경을 살펴보며 유나가 입을 다물지 못했다.

커다란 건물 앞으로 레드 카펫이 펼쳐져 있었고, 각양각색의 수많은 팬이 몰려와 있었다.

무엇보다 더욱 놀라운 건 TV나 영화 속에서나 봤던 유명 배우들과 미국 아티스트들이 끝도 없이 들어서고 있다는 사실이었다.

"어? 저 사람 폴 크루즈 아냐? 저기 봐봐!"

"제시 언니! 저기 봐요! 언니가 좋아하는 리안나 아니에요?"

"맞아! 리안나야!"

제시가 잔뜩 흥분을 했다.

그렇게 엘시와 멤버들은 세계적인 스타들을 구경하느라 정신들이 없었다.

"회장님, 우리가 여기 껴도 되나요?"

연희가 잔뜩 기가 죽어 있었다.

창밖의 세상이 꼭 다른 세상인 것만 같았다.

"오빠님?"

엘시가 현우를 불렀다.

잔뜩 긴장을 하고 있는 엘시와 멤버들과 달리 현우나 송지유는 태연했다.

고급 슈트에 포마드를 잔뜩 발라 멋을 낸 현우가 창밖을 살피며 입을 열었다.

"떨 거 없어. 나랑 지유가 있는데 무슨 걱정이야?"

"네? 오빠? 간만에 근자감이 폭발하는 건 좋은데요."

엘시가 현우의 팔을 잡고 흔들었다.

현우가 그런 엘시를 보며 피식 웃었다.

"언제까지 여기 있을 수는 없으니까 일단 나가자."

현우가 수행원들을 향해 고개를 끄덕여 보였다.

운전대를 잡고 있던 수행원과 앞좌석에 앉아 있던 수행원이 서둘러 리무진에서 내려 뒷문을 열었다.

현우가 먼저 내려 송지유에게 손을 내밀었다.

C사의 올 블랙 드레스를 입은 송지유가 현우의 손을 잡고 리무진에서 내렸다.

"라이언? 나는?"

미스 J가 울상을 했다.

현우가 쓴웃음을 머금었다.

"오늘만이다, 제이나?"

"옹!"

현우의 손을 잡고 미스 J도 리무진에서 내렸다.

곧바로 엄청난 플래시들이 쏟아졌다.

수행원들이 내미는 손을 잡으며 엘시와 멤버들도 리무진에서 내렸다.

"그레이스! 여기 좀 봐주세요!"

"웃어요! 아스카 공주!"

"곧 Galaxy Wars 새 오리지널 시리즈가 개봉을 하는데, 그레이스! 소감은 어떻습니까?"

"라이언! 아이언 슈트와 캡틴 USA 시리즈가 세계적으로 기록적인 흥행을 기록했는데요! 제작자로서 후속 시리즈에 대한 힌트가 있다면요?"

기자들의 질문과 파파라치들의 사진 세례가 동시에 쏟아지고 있었다.

세계적인 팝 스타인 미스 J도 뒷전일 정도였다.

그뿐만이 아니었다.

세계적인 배우들과 아티스트들이 계속해서 자선 파티 장소에 도착을 하고 있는데도 관심은 온통 현우와 송지유에게 쏠려 있었다.

"세상에, 두 사람이 이 정도였어?"

크리스틴이 도저히 믿지 못하겠다는 표정을 했다.

"생각보다 우리 오빠랑 지유가 미국에서 더 대단한 거였어."

엘시와 다른 멤버들도 놀라움을 감추지 못했다.

"뭐 해? 이리들 와."

현우가 급히 엘시와 멤버들을 불렀다.

엘시가 먼저 현우의 옆에 서서 팔짱을 꼈다. 멤버들도 하나둘 옆자리에 섰다.

현우의 옆자리로 드림걸즈가 자리하자 사진기자들과 파파라치들도 큰 관심을 보이기 시작했다.

사진기자들이 묻기도 전에 현우가 먼저 입을 열었다.

"여기 아 아이들은 저희 소속사 소속의 가수들입니다. 드림걸즈라고 한국에서는 가장 인기가 많은 아이돌 그룹이기도 하죠. 곧 미국 무대에서도 볼 수 있을 겁니다."

현우의 당당함에 잔뜩 얼어 있던 드림걸즈 멤버들도 저절로 어깨가 펴졌다.

현우를 바라보는 엘시와 멤버들의 표정에는 뿌듯함이 가득했다.

그때였다.

더 놀라운 일이 벌어졌다.

아이언 슈트의 주인공이자 세계적인 배우 폴 크루즈가 현우에게 다가왔다.

폴 크루즈.

세계적인 배우였지만 이혼과 사이비 종교 스캔들로 인해 명성에 흠집이 많이 가 있던 배우였었다.

하지만 아이언 슈트의 주인공으로 낙점이 되면서 다시 제2의 전성기를 맞이하고 있었다.

"라이언, 늦었구나?"

"폴은 왜 이렇게 일찍 왔어요?"

"어쩌다 보니?"

"하하. 그래요?"

"파티 끝나고 따로 한잔하자, 라이언."

"좋죠. 폴이 사는 거죠?"

"당연하지. 내 은인인데."

"은인은요. 폴이 해낸 거죠."

현우가 부드럽게 웃어 보였고, 폴은 그런 현우의 어깨를 두들겼다.

폴 크루즈의 시선이 송지유에게로 향했다.

"그레이스도 오랜만이네. 더 아름다워졌는데?"

"폴도 여전하시네요. 고마워요."

"칭찬이야?"

"그럼요."

"Galaxy Wars가 곧 개봉한다며? 미리 축하해. 좋은 일이 있을 거야."

"감사합니다, 폴."

송지유도 생긋 웃었다.

한편, 엘시와 멤버들은 신기함을 넘어서 황당함까지 느끼고 있었다.

어렸을 적부터 숱하게 봐왔던 대스타를 현우와 송지유는

아무렇지도 않게 편히 대하고 있었다.

미스 J는 엘시와 멤버들이 그저 귀여웠다.

"너희들, 많이 놀랐나 보네?"

"솔직히. 아주 많이."

크리스틴이 대답했다.

유명 배우들과 제작자들이 온통 현우에게 몰려들고 있었다. 미스 J가 그 모습을 지켜보며 조용히 입을 열었다.

"너희들이 생각하는 것보다 너희 회장님은 훨씬 더 대단한 사람이야. 다만 다른 인간들이랑 다르게 유난히 겸손한 것뿐이지. 하아… 다시 생각을 해봐도 진짜 갖고 싶다, 라이언."

미스 J의 눈동자가 몽롱해졌다.

"얘들아! 잠깐 이리 올래?"

현우가 갑자기 드림걸즈 멤버들을 찾았다.

"네! 갑니다! 우리 오빠님!"

엘시가 서둘러 멤버들을 데리고 현우에게 다가갔다.

현우가 빙그레 웃으며 중년의 백인 남성을 살짝, 가리켰다.

"인사들 해. 이쪽은 자선 파티를 개최하신 호스트이자 S 뮤직 미국 지사를 운영하고 있는 그레이엄 씨."

"네에?!"

엘시와 멤버들이 일제히 눈을 크게 떴다.

세계 3대 레이블이라 불리는 S 뮤직의 미국 지사 사장이 눈앞에 떡 버티고 있었다.

"그레이엄, 제가 어제 말했던 그 친구들이에요. 그룹명은 드림걸즈."

어느새 다가온 미스 J가 현우 대신에 엘시와 멤버들을 소개했다.

엘시가 눈을 크게 뜨며 미스 J를 쳐다보았다.

"이게 다 무슨 일이야?"

"기다려 봐, 캔디. 그레이엄, 솔직히 어땠어요?"

중년의 백인 남성 그레이엄이 엘시와 멤버들을 보며 은은한 미소를 머금었다.

미스 J가 엘시의 어깨를 툭 쳤다.

"우리 사장님이 너희가 마음에 들었나 봐. 어지간해서는 잘 웃지 않는 양반이거든."

"제이나, 너무하군."

"뭘요? 사실인데."

"이, 이게 대체?"

엘시는 아직도 어안이 벙벙했다.

현우가 피식 웃으며 슈트 상의에서 핸드폰을 꺼내 들었다.

"미국 와서 신났다고 핸드폰도 안 보는 모양인데, 너희들이 직접 WE TUBE에 검색을 해봐."

"네, 네? 검색요?"

크리스틴이 고개를 갸웃했다.

"WE TUBE에 Candy's라고 쳐봐."

"캔디들요?"

엘시가 서둘러 현우의 폰을 받아 들었다. 그리고 검색을 시작했다.

"어? 이거 뭐야?"

엘시가 화들짝 놀랐다.

할리우드 볼에서 펼쳐졌던 미스 J의 공연 첫날, 엘시가 무대 위에 올라 노래를 했던 동영상의 조회 수가 무려 2,000만을 기록하고 있었다.

그뿐만이 아니었다.

미스 J의 공연 두 번째 날에 펼쳐졌던 드림걸즈의 특별 무대 동영상도 조회 수가 3,000만에 육박하고 있었다.

이 정도면 가히 기록적인 수치였다.

"이, 이걸 누가 올렸대요?"

"누구긴 누구겠어요? 우리 오빠지."

송지유가 뒤에서 나타나며 말했다.

송지유가 엘시와 드림걸즈 멤버들을 보며 생긋 웃어 보였다.

"김태식이 김태식 한 건데, 뭐 문제 있어요?"

로스앤젤레스 공항.

엘시와 멤버들이 배웅을 나온 현우 일행과 마주하고 있었다.

"한국에는 언제쯤 들어올 건데요?"

엘시의 얼굴에는 서운함이 가득했다.

다른 멤버들도 짙은 아쉬움에 차마 발걸음이 떨어지지 않았다.

일주일이라는 짤막한 시간이었지만 뉴 소울과 후안, 그리고 다른 직원들과도 정이 든 상태였다.

"……"

비글들이라며 지긋지긋해하던 후안도 아쉬움에 기분이 착 가라앉았다.

신입 직원 오스카는 아예 코까지 훌쩍거리고 있었다.

LA 뒷골목 출신이라는 게 믿기지 않을 정도로 순박한 모습이었다.

"언제 오실 건데요? 네?"

유나가 현우의 소매를 잡고 흔들었다. 현우가 쓴웃음을 머금었다.

현우 역시 오랜 타지 생활로 어울림 식구들이 그립기는 매

한가지였다.

"Galaxy Wars 일정이 마무리되면 바로 한국으로 갈 거야. 촬영은 끝났어도 세부적인 개봉 일정을 잡아야 하니까."

"그렇겠네요."

현우의 설명에 수긍을 하고는 엘시가 고개를 끄덕거렸다. 그러다 엘시의 얼굴이 환해졌다.

며칠 전, 뉴욕에서 벌어졌던 꿈같은 일들이 생각났기 때문이었다.

"오빠님, 감사합니다."

엘시가 90도로 꾸벅 고개를 숙여 보였다. 현우가 피식 웃었다.

"갑자기 고마워?"

"감사합니다!"

크리스틴, 그리고 다른 멤버들도 엘시처럼 일제히 꾸벅, 인사를 했다.

이번 미국행에서 얻어가는 것이 너무 많았다.

역대 특집이라는 소리를 들을 정도로 많은 것을 카메라에 담았고, 무엇보다 미국 진출의 교두보를 확보할 수 있었다.

드림걸즈 멤버들이 현우를 쳐다보았다.

이 모든 게 어울림의 수장인 현우 덕분이었다. 새삼 현우가 더 큰 사람으로만 느껴졌다.

그리고 어울림의 수장이 현우라는 사실에 더욱 진한 안도감이 들었다.

"저기? 비행기 시간 얼마 안 남았어, 애들아~"

작가 한 명이 자그마한 목소리로 끼어들었다.

현우가 손목에 차고 있는 시계를 내려다보았다.

작가의 말대로 비행기 시간이 촉박했다.

그럼에도 다들 아쉬움에 작별 인사를 망설이고 있었다. 송지유가 현우에게 눈짓을 했다.

현우가 고개를 끄덕였다.

"자, 그럼 이제 집으로 돌아가야겠지?"

현우의 말에 드림걸즈 멤버들이 일제히 이상한 소리를 냈다. 작은 투정에도 현우는 그저 웃음만을 머금고 있었다.

"한국 돌아가면 사고 치지 말고, 나랑 지유가 한국으로 돌아가면 본격적으로 미국 진출에 대해서 생각을 해봐야 하니까 연습들 틈틈이 하고."

"네!"

엘시와 멤버들이 힘차게 대답을 했다.

"옳지. 그리고 태명이랑 은정이 숨 좀 쉬게 해줘."

"네? 우리가 왜요?"

방금 전과는 전혀 다른 반응이 나왔다. 현우가 헛웃음을 머금었다.

아무래도 두 사람이 드림걸즈 멤버들에게 단단히 걸린 것 같았다.

"뭐, 나는 할 말은 다 한 거 같네."

"오빠님."

엘시가 현우의 품에 와락 안겼다.

그런 다음에는 송지유의 품에도 안겼다. 다른 멤버들도 한 명씩 돌아가며 작별 인사를 나누었다.

"후안?"

작별 인사를 지켜보고 있던 후안이 고개를 갸웃했다.

엘시와 멤버들이 후안을 뚫어져라 쳐다보고 있었다. 금방이라도 안겨들 기세였기에 후안은 당황했다.

"나, 나도 말입니까?"

"당연하죠. 그동안 우리 때문에 고생 많았어요."

"알고는 있었구나. 하. 하."

지난 일주일간의 악몽이 하나둘 떠올랐다.

첫날부터 총격전이 벌어지며 생사를 오갔고, 미국 요리 경연 프로에 나갔을 때보다 더욱 많은 요리를 만들어내야 했다. 덕분에 살도 빠진 후안이었다.

엘시와 멤버들이 우르르 몰려와 후안을 다독이기 시작했다.

"우리 미국 진출할 거니까 조만간 또 올게요."

"미국 오면 맛있는 것들 또 많이 만들어주세요! 알았죠?!"

"또, 또 웁니까?"

"왜요? 싫어요? 확, 유나만 두고 갈까요?"

엘시가 눈을 가늘게 뜨고 물었다.

후안의 눈동자가 커졌다. 그리고 손사래를 쳤다.

"아, 아뇨? 언제든 환영하니까, 다 같이 가는 게."

"농담이에요, 농담."

엘시가 그렇게 말하곤 오스카를 바라보았다.

오스카가 활짝 웃으며 두 팔을 벌리고 있었다. 잔뜩 기대에 찬 표정은 덤이었다.

엘시가 천천히 다가갔다. 그러고는 오스카의 꿀밤을 때렸다.

"악! What the!"

욕을 삼키곤 오스카가 억울한 표정을 했다.

후안과는 진한 포옹을 나누더니 대뜸 꿀밤부터 날리는 엘시였다.

"조그만 게 여자를 왜 이렇게 좋아해? 커서 뭐가 되려고?"

"땅콩 같은 게, 뭐라고 하는 거야?"

"땅콩?! 이게?"

엘시가 폴짝 뛰어올라 오스카에게 헤드록을 걸었다.

그런데 오스카의 표정이 왠지 모르게 흐뭇해 보였다.

                    *   *   *

"다 가고 나니까 썰렁하네."

"그러네요. 또 우리 둘만 남았어요."

현우와 송지유가 서로를 보며 작게 웃었다.

드림걸즈 멤버들이 조금 전, 아침 비행기로 한국에 돌아갔
다.

함께 있을 때는 소란스럽고 정신이 없었는데, 막상 한국으
로 보내고 나니 은근히 적적했다.

"그래도 좋은 것도 있네."

"……?"

송지유가 현우를 빤히 쳐다보았다.

현우가 슥 다가와 송지유의 이마에 입술을 맞추었다. 송지
유의 볼이 빨갛게 물들었다. 그러고는 말없이 현우의 어깨에
머리를 기대었다.

그사이 현우와 송지유를 태운 호화 리무진은 미국 영화 산
업의 중심가인 할리우드로 향하고 있었다.

얼마 안 가 호화 리무진이 거대한 빌딩 앞에서 멈추었다.

수행원들이 서둘러 리무진의 문을 열어주었다.

현우와 송지유가 리무진에서 내려 거대한 빌딩을 올려다보

왔다.

태양을 상징하는 마크 속에 'Sun film'이라는 글귀가 박혀 있었다.

"사장님! 사장님!"

홍미가 현우를 발견하곤 직원들과 함께 달려 나왔다.

허둥대는 그 모습을 보며 현우가 쓰게 웃었다. 아직도 비서 시절 버릇이 남아 있는 것 같았다.

"늘 뭐가 그렇게 바빠요, 홍미 씨?"

"다 사장님 때문이에요! 그렇게 오래 회사를 비우시면 어떻게 해요!"

홍미가 얼굴을 붉히며 씩씩거렸다. 싹싹하고 친절했던 비서 홍미는 없었다.

그 대신 깐깐하고 완벽주의자 같은 팀장 홍미가 현우를 들들 볶기 시작했다.

"확인받아야 할 서류들이 산더미처럼 쌓여 있는 거 아시죠? 그리고 마블 측에서 연락을 기다리고 있어요! 새 마블 시리즈 때문에 애가 탔다고요!"

"아, 그래요?"

"사장님! 계속 느긋이 계실 건가요?"

홍미가 현우를 다그쳤다. 현우가 피식 웃었다.

"걱정 마요. 밤을 새워서라도 다 끝내놓을 거니까."

"네! 그럼 믿겠습니다. 가시죠, 사장님."

홍미와 직원들이 먼저 걸음을 옮기기 시작했다.

5층 사장실에 겨우 들어와서야 홍미의 잔소리 세례가 끝이 났다.

소파 위에 앉으며 현우가 길게 한숨을 내쉬었다.

"후우… 혹시 귀에서 피는 안 나지?"

현우의 농담에 송지유가 풋, 하고 웃어버렸다.

그때였다.

노크 소리와 함께 사장실 문이 열렸다.

역시나 홍미였다. 문을 열고 들어온 홍미가 품 안에 서류들을 잔뜩 껴안고 있었다.

"사장님, 말씀드렸던 서류들입니다."

"그, 그렇게 많아요?"

현우가 당황스러워했다. 홍미가 인상을 구겼다.

"조금 더 사장님 위치에 대해 자각을 하시는 게 어떨까요? 우리 회사, 사장님 안 계시면 모든 것들이 '올 스톱!'인 거 모르시지는 않죠?"

"하하. 그랬나? 일단 줘봐요. 중요한 일부터 끝내죠."

"네, 사장님. 먼저 아까 말씀드렸던 새 마블 시리즈를 결정하셔야 할 것 같아요."

"음. 그러죠."

현우가 턱을 괴었다.

현재 Sun film의 주도 아래 마블 영화 시리즈는 전 세계적인 히트를 치고 있었다.

아이언 슈트도 캡틴 USA도, 그리고 오딘 시리즈를 비롯해 히어로들이 총출동을 하는 드림져스 시리즈도 큰 인기를 끌고 있었다.

덕분에 Sun film은 할리우드 5대 제작사로 급성장을 할 수 있었다.

그런데 얼마 전 Sun film의 홈페이지에 인상적인 글 하나가 올라왔다.

시카고에 사는 9살 소녀가 작성한 글이었다. 평소 여성 히어로들을 좋아하는 소녀였는데, 요지는 영화 속에서는 여성 히어로를 많이 찾아볼 수가 없어 아쉽다는 글이었다.

소녀가 남긴 글은 현우와 Sun film에게 큰 책임감을 느끼게 했다.

그 결과 현우는 여성 히어로를 메인으로 한 작품을 제작하기로 마음을 먹었다.

작품으로 물망에 오른 마블 시리즈는 총 두 작품이었다. '미스 캡틴'이라는 작품과 '스파이더 실크'라는 작품이었다.

하지만 작은 문제가 생겼다.

백인 여성이 주인공인 '미스 캡틴'의 제작을 흔쾌히 수긍한 것과 달리 한국계 여성이 주인공인 '스파이더 실크'를 두고 마블 측에서 회의적인 반응을 보이고 있었다.

동양인에, 그것도 여자 배우를 주인공으로 해서 흥행을 할 수 있냐는 말이었다.

"후우… 꽉 막힌 인간들."

현우 입장에서는 기가 막혔다.

마블 시리즈의 전 세계적인 흥행에 가장 큰 역할을 한 곳이 바로 한국과 중국 같은 아시아 지역이었다.

아시아권에서 기록적인 흥행을 하고 있음에도 정작 동양인 여성 히어로를 주인공으로 한 작품에 대해서는 부정적인 시선을 가지고 있었다.

"사장님, 제작 계획을 철회하시는 게 좋지 않을까요?"

중국계 미국인으로서 홍미도 아쉬움이 남았다.

송지유가 주연으로 출연한 'Galaxy Wars' 스핀오프 시리즈가 세계적으로 흥행을 하고, 오리지널 에피소드의 주연까지 맡으면서 동양인에 대한 차별이 상당 부분 해소되었다고 생각했다.

또한 마블 시리즈가 아시아 지역에서 큰 흥행을 하며 아시아 시장의 중요성이 더욱 커졌다고 자부하고 있었는데, 아직까지도 느껴지는 벽이 그저 답답할 뿐이었다.

"아뇨. 스파이더 실크, 무조건 제작합니다."

"사, 사장님?"

홍미는 심장이 철렁했다.

현우의 반골 기질이 또 튀어나온 것이었다.

"스파이더 실크, 제작비 우리 Sun film 측과 CV 그룹에서 전액 투자를 할 겁니다."

"네에? 그럼 마블은요?"

"불만이 있다는데 그냥 빼버리면 그만 아닙니까?"

"그, 그게 그렇긴 한데. 마블 측에서 말한 것들도 아주 일리가 없는 건 아니고."

홍미가 횡설수설했다.

마블 측에서 꼬집은 가장 큰 문제점 중 하나는 동양계 여성 히어로인 실크 배역을 소화할 수 있는 동양인 여배우가 존재 하냐는 것이었다.

"지유가 딱이긴 한데, 정말 아쉬워요."

홍미가 송지유를 살펴보며 더없이 아쉬워했다.

사실 할리우드에서 송지유만큼 성공을 한 동양계 여배우는 존재하지 않았다.

하지만 송지유는 이미 'Galaxy Wars' 시리즈의 주인공이었다.

전 세계 'Galaxy Wars' 오타쿠들의 사랑을 받고 있는 아스카 공주가 갑자기 다른 영화에 히어로로 출연을 한다면 분명 논란이 생길 게 뻔했다.

송지유를 제외시키는 순간 여러모로 조건들이 까다로워지는 셈이었다.

"17살 정도에 아시아 지역에서 인지도도 있어야 하고, 비주얼에 연기력까지 갖추고 있는 배우를 어디서 찾을 수 있을 까요, 사장님?"

"오빠."

송지유가 나지막하게 현우를 불렀다. 현우가 송지유와 눈을 맞추었다.

굳이 말을 하지 않아도 송지유가 무슨 말을 하고 싶은지 현우도 알 것 같았다.

"일단 주연배우 캐스팅은 걱정하지 말아요. 다 내가 생각이 있으니까."

"그런가요, 사장님?"

홍미가 안도를 했다.

현우가 생각이 있다면 분명 이 문제가 빠른 시일 내로 해결될 게 뻔했기 때문이었다.

"미스 캡틴이랑 스파이더 실크 제작 기획안 진행하세요. 그리고 에리스한테 드라마 촬영 끝나는 대로 돌아오라고 이야기해 주세요, 홍미 씨."

"네. 에리스가 엄청 기뻐하겠어요."

"그럴 겁니다."

현우가 흐뭇한 미소를 머금었다.

현우가 미국에 와서 가장 먼저 발굴한 배우 1호인 에리스가 바로 '미스 캡틴'의 주연 배우로 낙점이 된 상태였다.

"근데 사장님이랑 지유는 언제 한국에 돌아가세요?"

"다다음주 초에는 돌아갈 겁니다. 한국 회사 쪽에도 밀린 일들이 많아서요."

"…당분간은 제가 더 바빠지겠네요. 하지만 어쩔 수가 없으니……."

"이해해 줘서 고마워요, 홍미 씨."

송지유가 현우 대신 고마운 마음을 전했다.

'Galaxy Wars'의 오리지널 시리즈 개봉과 함께 한국으로 돌아가면 적어도 3, 4개월간은 한국에 머물 생각이었다.

"참, 폴 씨가 오후 1시쯤에 회사로 방문하신다고 했어요, 사장님."

"폴이?"

"네. 아이언 슈트 후속 작품에 대해서 궁금한 게 많으신가 봐요."

"알겠습니다. 후우, 생각보다 더 바쁘네요, 홍미 씨?"

현우가 한숨을 내쉬었다.

손태명은 미국에서 현우가 신선놀음을 하고 있다고 알고

있었지만 실상은 달랐다.

현우 역시 하루하루가 전쟁이었다.

"그러니까 적당히 잘나셨어야죠."

"그런가요?"

현우가 능글맞게 웃었다.

그리고 그 모습을 빤히 보며 송지유도 작게 웃어버렸다.

3장

외전8 - 한국 편

어울림 엔터테인먼트 본사 입구에 승용차 두 대가 나란히 들어섰다.

차량에서 내린 익숙한 얼굴들이 어울림 신사옥을 올려다보았다.

엔터테인먼트 회사로는 아시아 최대 규모를 자랑하는 어울림 본사가 그 위엄 어린 자태를 뿜어내고 있었다.

"언제 봐도 기가 죽습니다."

"후우. 그러게요. 저희 코인 엔터는 언제쯤 어울림 발끝이라도 따라갈지 참."

코인 엔터의 백동원 팀장이 부러움을 가득 담아 말했다.

"저희 플래시즈라고 별반 다르겠습니까?"

플래시즈 엔터의 이기혁 실장도 백동원 팀장의 말에 수긍을 했다.

몇 년 넘게 성장이 멈춰 있는 플래시즈 엔터와 다르게 어울림은 그 몇 년 사이 엄청난 성장을 거듭했다.

여러모로 격세지감이란 사자성어가 잘 어울리는 곳이 바로 어울림이라는 생각이 들었다.

"들어가실까요, 백 팀장님?"

"그래요. 갑시다."

이기혁 실장과 백동원 팀장이 나란히 어울림 본사로 들어섰다.

본사 입구에 들어서자마자 익숙한 얼굴이 두 사람을 반겼다.

"하하! 오셨습니까, 형님들?"

팀장 김철용이었다.

여전히 격식 없는 그 모습에 이기혁 실장과 백동원 팀장이 기분 좋게 웃었다.

"태명 형님이 기다리고 계십니다. 아, 식사들은 하셨습니까? 구내식당에 새 정식 나왔는데 드셔보셔야죠?"

"그래요?"

새 정식이라는 말에 이기혁 실장이 솔깃해했다.

소속 아티스트들의 이름을 딴 정식 메뉴는 어울림을 넘어 이미 대중적으로도 큰 인기를 끌고 있었다.

"일명 엘시 정식이라고, 이번에 미국 다녀오더니 개발을 한 모양이에요. 맛도 좋던데요? 스테이크 파스타라나, 뭐라나?"

김철용의 수다에 귀를 기울이며 세 사람이 보안 검색대를 지나 승강기 앞에 섰다.

승강기 문이 열렸고, 세 사람이 모습을 감추었다.

띵.

12층에서 승강기의 문이 열렸다. 세 사람이 걸음을 옮겨 사장실 앞에 당도했다.

똑똑.

김철용이 문을 두드렸다.

"들어오세요."

"……?"

"……?"

손태명의 목소리 대신 젊은 여성의 목소리가 들려왔다.

이기혁 실장과 백동원 팀장이 동시에 김철용을 쳐다보았다.

"아? 김은정 팀장일 겁니다. 태명 형님 옆자리에 책상 놓고 일하거든요. 매일은 아니고, 가끔?"

괜히 김은정 대신 변명을 하는 김철용이었다.

"……."

"……."

서로 말이 없다가 이기혁 실장과 백동원 팀장이 큭큭, 웃기 시작했다.

'우리 아이가 달라졌어요!'도 아니고 매사에 깐깐하고 칼 같은 손태명이 달라져 있었다.

"손 사장님도 어울림 여장부들한테는 안 되는 것 같은데요?"

이기혁 실장이 웃음기를 머금은 채로 물었다.

김철용이 머리를 긁적거렸다.

"뭐… 아시잖아요. 저희 회사 여자들, 하나같이 보통이 아닌 거."

김철용의 말에 다들 수긍을 했다.

간판스타인 송지유부터 시작해서 엘시도 보통이 아니었고, 다들 왈가닥 성향이 강했다.

"들어오세요!"

사장실 안에서 다시 김은정의 목소리가 들렸다.

억지로 웃음기를 억누른 채 이기혁 실장과 백동원 팀장이 사장실로 들어갔다.

*　　　*　　　*

"보기가 좋으십니다, 손 사장님."

"역시 젊음이 좋긴 좋군요."

"두 분, 혹시 절 놀리시는 건 아니죠?"

덕담 같지 않은 덕담에 손태명이 쓰게 웃었다.

그런 손태명을 보며 이기혁 실장과 백동원 팀장이 웃음기를 머금고는 사장실을 둘러보았다.

그저 업무를 위해 존재했던 칙칙한 사장실이 화사해져 있었다.

꽃이나 화분, 그리고 다양한 장식품들이 사장실을 뒤덮고 있었다. 거기다 은은한 향수 향기까지 배어 있었다.

무엇보다 사장실 벽에 걸린 커다란 커플 사진이 인상적이었다.

"차 한 잔씩 드시죠."

김철용이 커피 잔을 내려놓으며 본인도 소파에 앉았다.

"그 소문의 비타민을 기대했는데, 커피라니요?"

이기혁 실장이 농담을 내뱉었다.

김은정의 얼굴이 부끄러움으로 새빨개졌다. 손태명은 그런 김은정이 귀여워 그저 웃기만 했다.

"휴우. 말도 마십쇼. 태명 형님 화장실에서 볼일 볼 때마다 색이 아주……."

"철용 오빠!"

김철용의 하소연에 김은정이 발끈했다.

"하하!"

이기혁 실장과 백동원 팀장이 결국 참았던 웃음들을 터뜨렸다.

손태명과 김은정, 두 사람의 공개 연애는 대중들뿐만 아니라 업계 관계자들 사이에서도 큰 화제였다.

"그래서 오늘 회의에는 잘 다녀오신 겁니까?"

손태명이 오늘 만남의 핵심적인 주제를 꺼내놓으며 화제를 전환시켰다.

방금 전까지만 해도 화기애애하던 사장실 분위기가 대번에 무거워졌다.

"손 사장님이 우려하는 대로 상황이 흘러갈 것 같습니다."

"혹시나 했는데, 역시."

손태명이 작은 미소를 머금었다. 그러다 짤막한 한숨을 내쉬었다.

오늘 강남의 모 고급 호텔에서 거대 기획사를 비롯해 중소 기획사 관계자들이 모여 긴급회의를 가졌다.

이유가 있었다.

MBS에서 '프로듀스 아이돌 121' 후속편을 기획하고 있었기 때문이었다.

거대 기획사를 중심으로 대다수의 기획사들이 어울림 소속 연습생들의 '프아돌 시즌2' 출연을 반대하고 있는 입장이었다.

손태명도 그들의 입장이 어느 정도 이해는 되었다.

가뜩이나 대중들의 전폭적인 사랑을 받고 있는 어울림이었다.

시즌 1에서도 어울림 소속 연습생들이 상위권을 독식하다시피 했고, i2i도 어울림 소속 멤버들이 핵심적인 역할을 했었다.

프로젝트 그룹 i2i가 해체된 이후로도 어울림 소속 멤버들이 중심이 된 '전국소녀'는 범아시아적인 인기를 끌고 있었다.

이러한 여러 상황 때문에 많은 기획사들이 시즌 2에서도 시즌 1과 같은 일이 벌어지지는 않을까 염려를 하고 있는 것이었다.

그리고 그 깊은 이면에는 어울림에 대한 견제 심리도 존재하고 있음을 손태명은 잘 알고 있었다.

거기다 근래에 들어서는 현우와 송지유가 한국으로 돌아올 것이라는 소문까지 돌고 있었다.

현우와 송지유의 한국 연예계 복귀에 대한 소문, 그리고 '프로듀스 아이돌 121'에서의 어울림 연습생들의 독주.

다른 기획사들 입장에서는 충분히 경각심을 가질 만한 일이었다.

생각 끝에 손태명이 한숨을 내쉬었다.

"후우. 이게 다 김발놈 때문이네요."

"그런 셈이죠. 현우 씨가 너무 거물이 되어버렸다는 게 문제가 되는 겁니다. 그러니 다들 겁부터 먹을 수밖에요."

"뭐 어차피 프아돌에 저희 연습생 아이들은 출연시키지 않을 생각이었습니다."

아무렇지도 않게 '프아돌 시즌2'를 포기해 버리는 손태명을 보며 이기혁 실장과 백동원 팀장이 살짝 놀랐다.

아무리 어울림이라고 할지라도 '프아돌' 같은 예능은 그 어떤 무엇보다도 홍보 효과가 좋았다.

"그런데 조금 기분은 나쁘네요. 그동안 가만히 있었던 우리 어울림을 견제한다. 이 전제가 거슬립니다."

"……."

"……."

손태명의 한마디에 사장실이 얼어붙었다.

손태명이 누구란 말인가. 초거대 엔터테인먼트 기업 어울림의 2인자였다.

"그럼 추후에 대응을 하시겠다는 겁니까?"

백동원 팀장이 조심스레 물었다.

코인 엔터는 어울림 엔터와는 떼어놓을 수 없는 공생 관계였다.

간판 걸 그룹인 프리즘도 어울림 작곡가들이 준 곡으로 큰 인기를 끌고 있었다.

그러니 어울림의 행보에 코인 엔터의 앞날도 많은 영향을 받을 수밖에 없었다.

"저는 안 할 겁니다."

"예?"

백동원 팀장이 반문했다.

이기혁 실장도 두 귀를 의심했다.

'프아돌 시즌2'를 빌미 삼아 많은 기획사가 연합을 해서 어울림을 견제하고자 나서는 상황이었다.

그런데도 어울림 측에서 대응을 하지 않겠다니? 잘 이해가 되지 않았다.

손태명이 안경을 고쳐 쓰며 천천히 입을 열었다.

"현우랑 지유가 곧 한국으로 돌아올 겁니다."

"그렇습니까."

현우와 송지유가 휴가차 며칠 정도 한국에 오는 건 그동안에도 흔한 일이었다.

그랬기에 백동원 팀장은 손태명의 말을 흘려들었다.

한동안 손태명이 말이 없자 백동원 팀장이 표정을 살폈다. 그러다 백동원 팀장의 눈이 서서히 커졌다.

"설마?!"

"맞습니다. 말이 씨가 된다고, 현우랑 지유가 한국 연예계로 복귀할 겁니다. 뭐, 이제는 현우 녀석이 알아서 할 겁니다. 전 뒤에서 그 녀석 뒤치다꺼리나 해야죠."

손태명이 현우처럼 씩 웃었다.

순간 백동원 팀장도 이기혁 실장도 등골이 싸해짐을 느꼈다.

지금까지 어울림은 해외시장 개척에 열을 올리고 있었다. 어울림 간판 걸 그룹인 '전국소녀'는 일본을 중심으로 아시아 권에서 주로 활동을 하고 있었고, '드림걸즈'도 앨범 발매 대신에 '아는 언니들'이라는 인기 예능 프로그램에 올인을 하고 있는 실정이었다.

간판스타인 송지유도 가수로서의 본업을 잠시 내려놓고 할리우드에서 세계적인 배우로 성장을 하고 있었다.

이런 시점에서 김현우, 그가 어울림의 경영으로 복귀를 한다?

즉, 어울림 엔터 소속 아티스트들이 다시 한국 시장에서 활동을 시작할 수도 있다는 말이었다.

"괜한 짓을 했구나."

이기혁 실장이 혼잣말을 중얼거렸다.

어울림 엔터테인먼트를 견제한다? 애당초 말이 되지 않는 소리였다.

평온한 한국 연예계에 다시 한바탕 폭풍이 몰아치려 하고 있었다.

물론 플래시즈 엔터와 코인 엔터는 걱정이 없었다.

"저, 손 사장님. 지유 씨 새 앨범 나오는 겁니까?"

백동원 팀장이 조심스레 물었다.

이 시점에서 송지유가 새 앨범이라도 들고 나온다면 그야말로 핵폭탄이 떨어지는 셈이었다.

국민 소녀이자 여왕이라 불리는 송지유가 돌아온다면 '프아돌 시즌2'도 묻혀 버릴 확률이 매우 컸다. 아니, 확실했다.

"잘 모르겠습니다. 다만 현우랑 지유의 생각이 중요한 거 아니겠습니까?"

손태명이 고개를 저으며 말했다.

알쏭달쏭한 말에 이기혁 실장도 백동원 팀장도 더 애가 탔다.

"그, 그럼 힌트라도?"

백동원 팀장이 애원을 하다시피 했다.

"음. 글쎄요."

손태명이 묘한 미소를 머금은 채로 김철용을 쳐다보았다.

김철용도 묘한 미소를 머금은 채로 그저 웃기만 했다.

"누가 내 욕 하나 본데?"

여행 가방을 내려놓으며 현우가 말했다.

이상하게 자꾸 귀가 간지러웠다.

한국으로 가져갈 옷들을 정리하고 있던 송지유가 그런 현우를 올려다보았다.

"태명 오빠 아니에요?"

"그런가?"

"그럴걸요? 오빠 욕할 사람은 태명 오빠뿐이잖아요?"

"그건 맞지. 이 녀석, 한국 가기만 해봐라. 아주 혼쭐을 내줄 테다."

말은 그렇게 하고 있었지만 현우는 얼굴 가득 웃음을 머금고 있었다.

그러다 현우가 가만히 대저택을 둘러보았다.

지난 몇 년간의 미국 생활이 주마등처럼 스쳐 지나갔다.

미국에서도 많은 것들을 이루었다.

연인인 송지유를 할리우드의 탑 배우로 성장시켰고, 현우 본인도 영화 제작자로서 큰 명성과 부를 쌓았다.

또한 Sun film을 할리우드 5대 제작사의 위치까지 올려놓았다.

어떻게 보면 이룰 수 있는 것들을 다 이루었다고 해도 과언
이 아니었다.

"이제는 말이야."

"네?"

"이제는 그동안 날 기다려 준 우리 어울림 식구들한테 보답
을 할 차례인 거 같아."

"철들었네요."

"하하. 다 지유 네 덕분이지 뭐. 그나저나 지유 넌 한국 가
면 뭐 할 거야? 몇 년 만의 휴가인데."

"가족들이랑 있을 거예요."

송지유의 눈동자에서 짙은 그리움이 엿보였다.

"그 가족이라는 울타리에 태진 형님이랑 형수님도 포함되는
거겠지?"

현우가 넌지시 물었다.

송지유가 작은 미소를 머금은 채로 고개를 끄덕였다.

그러고는 고이 접어놓았던 아기 옷을 펼쳐 보였다.

"내 조카는 왜 빼요?"

"아, 맞네. 미안. 형님이 좋아하시겠네."

"오빠."

순간 현우가 멈칫했다.

뭔가 송지유의 어조가 극도로 낮았다. 보통 이럴 때는 난감

한 상황이 펼쳐졌다.

"우린 아기 언제 가져요?"

"어, 어?! 아기?!"

현우가 소스라쳤다.

"뭘 그렇게 놀라요?"

송지유가 삐죽, 입을 내밀었다.

"나랑 결혼하기 싫다는 소리죠?"

"어? 아니? 그게 아니라 결혼을 먼저 하고 그다음에 아기를⋯⋯!"

"흥. 됐어요. 나 다 알았어요. 오빠가 망설이는 것도 알았고, 나랑 결혼하기 싫다는 것도 알았고."

"지, 지유야, 오해야. 나는 갑자기 아기 이야기를 하니까."

"몰라요. 김발놈."

어감이 참으로 찰졌다. 송지유가 확 일어나 방으로 향했다. 현우가 다급히 손을 뻗었다.

"어, 어디 가?"

"은정이랑 전화할 거예요! 방해하지 말아요!"

"⋯⋯."

멍하니 서 있던 현우가 결국 혼자 피식 웃고 말았다.

송지유의 작은 투정이 마냥 좋았다.

대저택 거실에 홀로 남겨진 현우가 대저택의 조명을 모두

꺼버렸다.

"……."

그런 다음에는 가만히 서서 불이 다 꺼진 저택 안을 눈 안에 가득 담았다.

"이제 진짜 한국으로 가는구나."

오늘따라 어울림 식구들이 보고 싶었다.

단골 백반 가게도 그리웠고, 삼겹살 가게에서 마시던 소주도 그리웠다.

무엇보다 몇 년째 기다려 주고 있는 많은 팬들도 그리웠다.

"가면 일 죽어라 해야지."

기획사 관계자들이 들으면 기겁을 할 이야기를 현우가 아무렇지도 않게 중얼거리고 있었다.

*   *   *

"회장님, 마음에 드십니까?"

김우용 비서실장이 조심스레 물었다.

경호원들을 비롯한 여러 수행원도 눈앞에 서 있는 젊은 총수의 반응에 촉각을 기울이고 있었다.

"흐음."

고개를 들어 CV E&M의 본사를 올려다보고 있던 젊은 총

수가 고개를 돌렸다.

그러고는 살짝, 얼굴을 찌푸렸다.

순간, 김우용 비서실장을 비롯해 수행원들이 헛숨을 들이마셨다.

그저 사치와 무능으로 점철된 기타 재벌 2세들과 달리 눈앞의 젊은 총수는 그 격이 달랐다.

재벌 총수라는 말이 정말로 잘 어울릴 만큼 지독할 정도로 유능하고 철저했다.

특히 '여동생'과 관련된 일이라면 물불을 가리지 않기로 유명했기에 더욱 긴장이 되었다.

젊은 총수가 조용히 입을 열기 시작했다.

"어울림 엔터 전광판처럼 잘 만들었습니다. 그런데 말입니다."

"……."

긴장감이 감돌았다. 그와 다르게 젊은 총수가 살짝 웃었다.

"사진이 실물보다 별로인데요?"

"그, 그럴 리가요?"

김우용 비서실장이 식은땀을 흘리며 고개를 들어 CV E&M 본사를 올려다보았다.

본사 전면에 설치된 초대형 전광판에서 'Galaxy Wars' 새 시리즈 속, 송지유의 포스터가 계속해서 흘러나오고 있었다.

그리고 김우용 비서실장이 보기엔 포스터 속 송지유는 충분히 아름다웠다.

"…전광판에 실린 포스터. 다른 걸로 교체하세요."

"예? 예. 알겠습니다."

"아, 새 포스터는 내가 직접 고르죠."

"……"

김우용 비서실장은 할 말이 없었다.

확실히 여동생과 관련된 일이라면 중증 이상의 반응을 보이고 있었다.

"영화 홍보는 충분히 되고 있습니까?"

"네. 그룹 차원에서 동원할 수 있는 홍보 수단은 다 동원하고 있습니다, 회장님."

그렇게 말하곤 김우용 비서실장이 CV E&M 본사 주변을 둘러보았다.

이미 근처 빌딩들에도 'Galaxy Wars' 새 시리즈 속 송지유의 포스터가 걸려 있었다.

비단 근처 빌딩뿐만이 아니었다.

대한민국의 랜드 마크라 할 수 있는 곳이라면 모두 송지유의 포스터가 걸려 있었다.

이뿐만이 아니었다.

포털 사이트는 물론이고 TV를 비롯해 모든 매스미디어에서

'Galaxy Wars: 여왕의 귀환' 광고가 흘러나오고 있었다.

심지어 대형 마트에서 팔리고 있는 CV 그룹의 다양한 제품들에도 새 영화가 광고되고 있을 정도였다.

"회장님, 홍보는 충분합니다. 대한민국 국민이라면 이번에 새 영화가 개봉한다는 사실을 모를 수가 없습니다. 심지어 양양 휴게소 지붕에도 포스터가 걸려 있는 상황입니다."

"그래도 부족하다고 생각이 드는데요?"

"예?"

김우용 비서실장이 당황함을 숨기지 못했다. 결국 그가 한숨을 내쉬었다.

"그럼 차라리 휴게소에 파는 호두과자나 알감자 봉지에도 포스터를 넣으시죠."

김우용 비서실장이 결국 불만을 터뜨렸다.

그리고 근처 수행원들과 비서들이 킥킥, 웃기 시작했다.

문태진도 살짝 웃다가 정색을 했다. 그러고는 김우용 비서실장의 어깨를 두들겼다.

"그럼 그렇게 진행하세요. 좋은 생각인데요?"

"예?! 진심이십니까?"

대답 없이 문태진이 수행원들과 함께 고급 승용차 안으로 올라탔다.

뒷문이 닫혔다. 그러다 뒷문 쪽 창문이 내려갔다.

"김 비서님, 뭐 합니까? 공항 안 갈 겁니까?"

"가, 가야죠! 그런데 정말로 진행을 해야 합니까? 아무리 생각해도 그건 좀 과한 거 같습니다만!"

김우용 비서실장이 울상을 했다.

"알아서, 센스 있게 진행해 보세요."

문태진이 알쏭달쏭한 미소를 머금은 채 다시 창문을 올렸다.

*   *   *

[자랑스러운 '국민 소녀' 송지유 주연 영화 'Galaxy Wars: 여왕의 귀환' 팀 전격 내한! 화려한 프로모션 이벤트 예고!]

['Galaxy Wars' 새 오리지널 시리즈와 함께 '여왕' 송지유가 돌아온다!]

['Galaxy Wars: 여왕의 귀환' 전 세계 동시 개봉! 할리우드 영화사에 새 역사 쓰나?!]

며칠 전부터 대한민국 언론은 일제히 현우와 송지유에 대한 기사들을 쏟아내고 있었다.

현우와 송지유의 내한 소식에 대중들의 관심도 폭발을 하고 있었다.

그리고 그 폭발적인 관심만큼이나 현우와 송지유를 둘러싼 소문들이 언론과 연예계로 퍼져가고 있었다.

소문의 화두는 현우와 송지유의 '한국 연예계 복귀'였다.

['국민 소녀' 송지유! 한국 연예계 복귀하나?!]

[어울림 엔터테이먼트 수장 김현우 회장, 경영 전격 복귀?!]

ㅡ송지유 복귀하면 진짜 여왕의 귀환 아님?ㅋㅋ

ㅡ김태식이 돌아왔구나?ㅋㅋㅋㅋㅋㅋㅋ

ㅡ어울림 엔터는 김태식이랑 송지유 없어도 잘나가고 있었는데 두 사람까지 복귀하면? ㅋㅋ

ㅡ다른 기획사들 곡소리가 벌써부터 들려옴ㅠㅠㅋ

ㅡ그래서 미리 조문 왔습니다.

ㅡ조문이라고?ㅋㅋㅋㅋ

ㅡ조문 왔어요! 수고하세요.ㅠㅠ

ㅡ조문 왔습니다ㅜㅜ

ㅡ조문ㅋㅋㅋ

'Galaxy Wars' 팀의 전세기 안, 루머의 당사자인 현우가 포털 사이트의 반응을 살펴보고 있었다.

"하하. 조문이라니, 너무 심한데?"

현우가 태블릿 PC를 내려놓으며 쓰게 웃었다.

역시 한국 사람들은 유쾌한 민족이었다. 현우가 얼굴 가득 웃음기를 머금다가 이내 진지한 표정을 했다.

"으음… 조문이라."

대중들은 웃자고 하는 소리였지만, 다른 연예 기획사들 입장에서는 '조문 왔다'는 그 표현이 현실로 와닿을 수 있다는 생각이 들었다.

"후우. 이게 가진 자의 딜레마라는 건가?"

현우의 혼잣말을 중얼거렸다.

몇 년 사이에 어울림 엔터는 너무나도 크게 성장을 했다. 그리고 현우와 송지유는 어울림보다도 더 큰 존재가 되어 있었다.

한국에 자리를 잡고 있는 많은 기획사들이 어울림을 견제하려는 것도 어떻게 보면 이해가 될 정도였다.

'아무리 그래도 그렇지. 이거 참.'

어울림만 따돌리고 자기들끼리만 정기 모임을 열고 있었다는 사실이 어이가 없었다. 그리고 '프로듀스 아이돌 시즌2'의 출연이 그들의 담합으로 인해 불발되었다는 게 더 화가 났다.

이건 어울림을 견제하는 것을 넘어서서 어린아이들의 꿈을 짓밟은 것이나 마찬가지였다.

만약 코인 엔터와 플래시즈 엔터에서 이 사실을 이야기해 주지 않았더라면, 앞으로 무슨 일을 당했어도 이상하지 않았을 것이었다.

"오빠?"

"응?"

송지유의 목소리에 현우가 고개를 돌렸다.

송지유가 막 잠에서 깨어 있었다. 송지유가 현우의 얼굴을 어루만졌다.

"얼굴이 왜 그래요? 이상한 기사 있어요?"

"아냐. 후우… 태명이 말이 이제야 좀 와닿아서 그래."

"네?"

송지유가 고개를 갸웃거렸다.

현우가 말없이 태블릿 PC를 내밀었다.

한참 동안 태블릿 PC 속의 기사들을 살펴보던 송지유가 다시 현우를 올려다보았다.

"조문 맞잖아요? 사람들이 맞는 말 했네."

"하하. 송지유답다."

역시 원조 얼음 공주다운 발언이었다.

"그래서 어떻게 할 거예요?"

"알잖아? 저쪽 사람들이 먼저 시비를 걸었고, 죄를 지었으면."

"벌을 달게 받아야 한다?"

송지유가 현우 대신 뒷말을 이었다.

현우가 빙그레 웃으며 고개를 끄덕였다.

"그래. 죄를 지었으면 벌을 달게 받아야겠지?"

현우의 표정이 싸늘해졌다.

현우 본인을 두고 이러쿵저러쿵 말들을 쏟아내는 건 상관
이 없었다.

하지만 어울림 식구들을 건드린다면 이야기는 달라진다.

그사이 'Galaxy Wars' 팀의 전세기가 인천국제공항으로 가
까워지고 있었다.

*　　　　*　　　　*

"이게 다 뭐야?!"

"정말 못 말려."

현우가 크게 놀라며 두 눈을 의심했다.

송지유는 고개를 숙인 채로 얼굴을 붉혔다.

"허허. 역시 한국을 가장 먼저 오길 잘했어, 라이언."

이와 반대로 루이 메키스 감독과 주요 배우들, 그리고
'Galaxy Wars' 팀 인원들은 눈앞에 펼쳐진 광경에 크게 기뻐
하고 있었다.

공항 내부가 'Galaxy Wars: 여왕의 귀환' 포스터와 장식품
들로 도배가 되어 있다시피 했다.

마중을 나온 수많은 팬들도 대다수가 코스튬 의상을 입고 있었다.

특히 SONG ME YOU 팬 카페 회원들은 어디서 구했는지 광선검까지 들고 있었는데, 꼭 영화 속 기사단을 보는 것 같았다.

그리고 그 앞, 문태진이 광선검을 들고는 자랑스러운 표정으로 현우 일행을 쳐다보고 있었다.

"지유야! 오빠 여기 있다!"

수행원들 틈에서 문태진이 크게 소리쳤다.

너무나도 행복한 표정으로 아예 손까지 흔들고 있었다.

현우가 송지유를 쳐다보았다.

"태진 형님이 미리 다 준비를 해놓은 것 같은데?"

"못 말린다니까요? 내가 아무것도 하지 말라고 했는데!"

송지유가 입술을 깨물었다.

벌써 공항 내 많은 사람들의 시선이 문태진과 송지유 두 사람에게로 모아져 있었다.

"지유야!"

문태진이 이제는 광선검까지 흔들어댔다.

"하하. 가봐."

"정말!"

송지유가 애써 표정 관리를 한 채로 문태진에게 다가갔다.

송지유가 다가오자 문태진이 수행원들을 향해 고개를 끄덕거렸다.

그리고 그와 동시에 공항 천장에서 커다란 플래카드와 함께 꽃가루와 우수수 떨어졌다.

[자랑스러운 대스타 송지유의 한국 연예계 복귀를 환영합니다!]

여기저기서 박수와 함성이 쏟아졌다.

느닷없는 퍼포먼스에 송지유가 휘청거렸지만 문태진이 얼른 손목을 잡아주었다.

"비행기 타고 오느라 많이 힘들었지?"

"괜찮았어요. 오빠, 근데 이건?"

"마음에 들어? 내가 다 준비한 것들이야."

한마디 하려고 송지유가 문태진을 쳐다보았다.

두 눈동자 가득 여동생을 향한 애정이 뚝뚝 떨어졌다.

뭐라고 하려던 송지유도 마음이 스르르 풀어질 정도였다.

결국 송지유가 풋, 웃어버렸다. 문태진도 환하게 웃었다.

"보고 싶었다, 내 동생."

문태진이 송지유를 따듯하게 안아주었다.

"우리 가족들 다 잘 지내고 있었죠?"

우리 가족들이라는 말에 문태진은 코끝이 시렸다.

우리 가족들의 범주에 문태진 본인과 아내, 그리고 하나뿐인 아들이 포함되어 있다는 것을 알았기 때문이었다.

"그럼. 내가 있잖아."

"고마워요, 오빠."

송지유가 그동안 할머니와 송유라를 돌봐준 문태진에게 고마움을 표시했다.

문태진이 토닥토닥, 송지유의 등을 다독여 주었다.

"한국으로 돌아오길 잘했네."

현우도 남매 상봉을 지켜보며 흐뭇한 표정을 하고 있었다.

* * *

감동스러웠던 남매 상봉이 불러온 여파는 생각보다 어마어마했다.

인천국제공항을 통째로 빌린 CV 그룹의 대대적인 환영식이 무엇을 의미하는지를 모두가 깨달았기 때문이었다.

김현우와 송지유의 한국 연예계 복귀.

사실로 판명이 나버린 이 화두는 그 즉시 엄청난 여파를 불러왔다.

언론을 비롯해 포털 사이트에선 특종이라며 기사들이 계속해서 쏟아졌다.

그리고 'Galaxy Wars: 여왕의 귀환' 팀 내한을 위해 준비된 기자회견장은 끝없이 몰려들고 있는 인파로 인산인해를 이루고 있었다.

'Galaxy Wars: 여왕의 귀환' 팀은 아예 뒷전이었다. 모든 관심이 현우와 송지유에게 쏠려 있었다.

"김현우 회장님! 두 분의 한국 연예계 복귀설이 사실인 겁니까?!"

"송지유 씨의 구체적인 한국 활동 계획을 듣고 싶습니다! 그리고 김현우 회장님도 어울림 엔터테인먼트 경영에 복귀를 하시는 건지요?!"

"답변 좀 해주세요! 회장님!"

기자들이 끝없이 아우성들을 쳤다.

'Galaxy Wars: 여왕의 귀환' 팀이 한국말을 알아듣지 못해서 다행이지, 현우와 송지유는 지금의 상황이 참으로 당황스러웠다.

"오빠! 그러니까! 적당히 했어야죠!"

송지유가 'Galaxy Wars: 여왕의 귀환'의 배급을 맡고 있는 문태진을 타박했다.

"미안하다, 동생아."

송지유의 투정에 문태진이 어쩔 줄을 몰라 했다.

성대한 환영식을 위한 퍼포먼스였지만 어찌 되었든 느닷없이 대형 사건을 터뜨린 셈이었다.

"현우야… 미안하다."

문태진이 현우에게도 미안함을 표시했다.

현우가 고개를 저었다. 인천국제공항을 빌릴 정도로 마음을 쓴 문태진이었다.

"괜찮습니다, 형님. 어차피 오늘내일이면 다 알려질 일이었는데요 뭐."

그렇게 말하곤 현우가 자리에서 일어났다. 그러고는 마이크를 들었다.

"잠깐만 조용히 좀 해주시면 감사하겠습니다!"

현우의 말에 소란스러웠던 기자회견장이 조용해졌다.

침묵 속에서 플래시 세례만 연이어 쏟아졌다.

"사정상, 간단히 핵심만 말씀드리겠습니다."

현우가 입을 떼자 기자들이 눈동자들을 빛냈다.

순식간에 장내를 진정시킨 현우가 다시 말을 이어갔다.

"네. 맞습니다. 지유랑 저는 당분간, 아니, 한동안 한국 연예계에서 활동을 할 계획입니다. 기간이 어느 정도나 될지는 모르겠지만 그동안 저희 어울림 엔터를 사랑해 주신 팬 여러분들께 보답을 다하는 그날까지 한국에 머물 계획입니다."

현우가 마이크를 내려놓았다.

그리고 그와 동시에 와아아! 거대한 함성이 터져 나왔다. SONG ME YOU 회원들뿐만 아니라 정말 많은 팬들이 진심으로 기뻐하고 있었다.

함성에 파묻혀 있던 기자들도 그 표정들이 밝았다.

"아! 그리고 한마디만 더 하겠습니다! 우리 지유도 그렇고 어울림 식구들이 그동안 보여주지 못했던 많은 것들을 이번 기회에 다 보여 드릴 겁니다. 기대하셔도 좋을 겁니다!"

현우의 마지막 한마디에 기자들과 팬들이 꿀꺽, 마른침을 삼켰다.

"……"

"……"

어울림 엔터테인먼트가 아직 다 보여주지 못한 것들이 있다는 말이 왠지 모르게 무섭게 느껴졌기 때문이었다.

현우가 조용해진 기자회견장을 둘러보며 씩 웃었다.

어찌 되었든 담합을 하고 있는 많은 기획사들에게 대놓고 선전포고를 한 셈이나 마찬가지였다.

하지만 현우는 자신이 있었다. 그리고 어울림 식구들과 함께라면 두려울 것도 없었다.

'우리 어울림을 견제하겠다고? 그래. 어디 할 수 있으면 한번 해봐!'

*   *   *

어울림 신사옥 4층에 위치한 401호 연습실에 침울한 분위기가 감돌고 있었다.

"……"

"……"

아직은 앳되어 보이는 얼굴의 소녀들이 무릎에 얼굴을 파묻고 있었다.

커다란 눈동자에 얼굴이 새하얀 소녀 하나가 고개를 들었다.

"우리 진짜 프로듀스 아이돌 못 나가는 거야?"

"응. 영진 삼촌이 우리 회사에서는 한 명도 안 나갈 거래, 오수정."

서구적인 외모를 가진 소녀가 고개를 들곤 대답을 했다.

"힝. 기대 많이 했었는데, 희연아."

하얀 얼굴의 오수정이 울상을 지었다.

그 모습에 성희연도 괜히 애꿎은 물병을 툭, 발로 쳐서 쓰러뜨렸다.

"나도 기대 많이 했었어."

"근데 희연아, 우린 왜 못 나가?"

"몰라. 영진 삼촌이 말 안 해줬어."

"나도 선배님들처럼 멋지게 데뷔하고 싶었는데, 힝."

오수정이 우상으로 삼고 있는 '전국소녀' 멤버들을 떠올렸다.

'전국소녀' 멤버들 역시 프로젝트 그룹 i2i로 활동을 하며 큰 인기를 끌었었다.

하지만 며칠 전 어울림에는 프로그램에 출연하지 않겠다는 방침이 떨어졌다.

때문에 성희연과 오수정뿐만 아니라 다른 연습생들도 크게 실망을 하고 있는 상태였다.

"넌 언제까지 잘 거야?"

성희연이 벽 구석 쪽을 향해 뾰족하게 말했다.

연습실 구석에서 소녀 한 명이 교복 상의를 얼굴에 덮고 느긋하게 잠이 들어 있었다.

"저거 진짜."

성희연이 얼굴을 찌푸렸다.

사태가 어떻게 돌아가는지도 모르고 팔자 좋게 낮잠이나 자고 있는 꼴이라니.

"희연아? 그냥 자게 두자. 응?"

오수정이 더 말릴 새도 없이 바닥에 누워서 자고 있던 소녀가 교복 상의를 옆으로 치웠다.

그러고는 바닥에서 일어났다.

자다 깨서 부스스한 얼굴이었지만, 얼굴에서 광채가 날 정도로 소녀는 미모가 출중했다.

유난히 작은 얼굴을 가지고 있었고, 특히 살짝 날카롭게 찢어진 눈동자와 붉은 입술이 인상적이었다.

"…왜? 뭐?"

"넌 지금 잠이 와?"

성희연이 소녀를 쏘아보았다.

그러거나 말거나 소녀가 느긋하게 하품을 했다. 성희연의 눈동자가 사나워졌다.

"야! 지금 졸려?!"

"응. 졸려. 잠 깨는 중이니까 조용히 말해줄래?"

"야!"

"왜!"

성희연과 소녀가 서로를 노려보며 으르렁거렸다.

꼭 개와 고양이를 보는 것 같았다.

"지, 지혜야? 희연아? 싸우지 말고 응?"

둘 사이에서 오수정이 안절부절 어쩔 줄을 몰라 했다.

"성희연이 먼저 시비 걸잖아!"

"내가 언제? 태평하게 잠이나 자는 지혜, 네가 문제지!"

두 소녀가 또 다투기 시작했다. 울상을 짓고 있던 오수정의 얼굴이 조금씩 변해갔다.

"야! 그만! 오수정 폭발한다!"

성희연이 급히 사태를 알렸지만 소용이 없었다. 오수정이 무표정한 얼굴로 입을 열기 시작했다.

"그만해. 둘이 매일 싸우기만 하고. 나는 안중에도 없지? 내가 프로듀스 그거 나가고 싶다고 몇 년 전부터 그렇게 노래를 불렀는데 너희들 기억이나 해? 기억 못 하지? 기억도 못 하면서 대체 나한테 왜 이러는 거야? 희연이 너, 연습실 나갈 때 내가 문 잠그고 가라고 몇 번이나 말했어? 어제 연습실 문 또 안 잠그고 갔지?"

"어? 그, 그랬나?"

"내가 다시 와서 잠그고 갔어."

"그, 그래?"

성희연이 애써 모른 척을 했다.

"덜렁이."

신지혜의 한마디에 성희연이 휙, 고개를 돌려 쏘아보았다.

신지혜가 고개를 돌려 외면을 했다. 그러다 오수정과 신지혜의 눈이 마주쳤다.

성희연이 픽 웃었다.

"지혜, 눈 마주쳤네? 수고?"

"아씨."

신지혜의 얼굴이 찌푸려졌다.

평소에는 순둥이였지만 가끔 히스테리를 부릴 때는 정말이지 감당이 안 되는 오수정이었다.

"지혜야."

"응?"

"내가 연습실에서는 교복 입고 연습하지 말라고 했지? 그리고 밤에 뭘 하는데 연습실에서 매일 자는 거야?"

"갓 보이스 오빠들이랑 게임?"

"내가 그 바람둥이 인간들이랑 놀지 말랬지!"

"승호 오빠만 바람둥이거든!"

"그 인간이 제일 문제야!"

"인정."

성희연도 오수정의 말에 크게 공감을 했다.

"그리고 갓 보이스 오빠들이랑 게임만 하는 거 아니거든? 우리 삼촌이랑 지유 언니랑 메신저 하려면 어쩔 수가 없다고!"

"삼촌? 아~ 그 미국에 사시는 일 년에 몇 번 볼까 말까 한 그 삼촌? 그리고 얼굴 한 번 보기 힘든 신비주의 우리 회장님?"

"……."

오수정의 팩트 폭격에 신지혜가 할 말을 잃어버렸다.

어울림 선배들이나 신지혜를 제외하곤 많은 연습생들이 현우의 얼굴조차 제대로 본 적이 없었다.

그나마 성희연과 오수정만이 어렸을 적에 현우를 본 기억이
있을 뿐이었다.

"하하. 구구절절 맞는 말이라서 이거 내가 면목이 없네."

연습실 문 쪽에서 들려오는 목소리에 세 소녀의 고개가 일
제히 돌아갔다.

딸꾹!

오수정이 갑자기 딸꾹질을 했다.

그리고 텅 비어 있던 눈동자가 정상으로 돌아왔다. 성희연
이 한숨을 내쉬었다.

"오수정, 너 망했다. 안녕하세요, 회장님. 아하하."

"그, 그게! …회장님! 잘못했어요! 저 살려주세요! 흐앙!"

오수정이 그렁그렁 두 눈 가득 눈물을 매달았다. 현우가 두
소녀를 보며 빙그레 웃었다.

"다 내 잘못이지 뭐. 희연이랑 수정이도 많이들 컸구나?"

현우가 성희연과 오수정을 향해 대견하단 눈길을 보냈다.
아역 배우였던 두 아이를 처음 봤을 때가 엊그제 같았는데,
이제 제법 아가씨 티가 났다.

"용서해 주시는 건가요?"

오수정이 여전히 눈물을 매단 채로 물었다.

"오수정이 히스테리가 심해도 본성은 착하거든요, 회장님?

선만 넘지 않으면 되는데, 저랑 지혜가 선을 넘어가지고. 아하하."

성희연까지 오수정을 대변해 주고 있었다.

그 모습에 현우가 또 빙그레 웃었다.

"그래. 앞으로는 선 넘지 않도록 나도 조심할게."

현우의 말에 성희연과 오수정의 표정이 밝아졌다.

그리고 아무렇지도 않게 이 일을 넘어가 주는 현우가 너무나도 고마웠다.

"역시 우리 회장님!"

"왜 선배님들이 회장님, 회장님, 하는 줄 알 것 같아요."

"하하. 그럼 점수 딴 건가?"

현우가 부드럽게 미소를 지어 보였다.

그런데 활발해 보이는 두 소녀와 다르게 신지혜가 말이 없었다.

이상함을 느낀 현우가 신지혜를 살펴보았다.

"삼촌 안 반가워, 지혜야?"

현우의 물음에 신지혜가 그대로 현우의 품에 와락 안겨들었다.

"삼촌~ 보고 싶었어. 우리 삼촌, 냄새 좋다."

신지혜가 현우의 품 안에서 마음껏 어리광을 부리기 시작했다.

현우가 쓴웃음을 머금은 채 신지혜의 등을 다독였다.

"다 큰 아가씨가 이러고 있으면 사람들이 놀릴 텐데?"

"상관없어. 그리고 다들 부러워할걸?"

신지혜의 말에 성희연과 오수정이 깊이 수긍을 하며 고개를 끄덕거렸다.

초거대 엔터테인먼트 기업 어울림의 회장이자 할리우드에서도 큰 명성을 날리고 있는 게 바로 현우였다.

이 세상에 이렇게 유명하고 멋진 삼촌을 가진 조카는 몇 없을 것이라는 생각이 들었다.

현우가 신지혜의 양팔을 잡고는 조심조심 떼어내었다.

그러고는 신지혜를 내려다보았다.

"이야~ 우리 지혜, 왜 이렇게 예뻐졌어? 응?"

8개월만의 만남이었다. 고등학교 1학년이 된 신지혜는 그사이 몰라볼 정도로 성장을 해 있었다.

키도 많이 자랐고, 특히 물오른 미모가 빛을 발하고 있었다.

"잘 컸다, 우리 지혜."

"다 삼촌 덕분이지."

"하하. 귀여운 녀석."

현우가 만족스러운 미소를 머금었다.

그런 다음에는 신지혜와 성희연, 오수정을 차례로 눈 안에 담았다.

세 소녀는 어울림 신사옥이 완공되고 가장 처음 받아들였던 연습생들이었다.

또한 어울림의 앞날을 책임질 미래이기도 했다.

생각에 잠겨 있던 현우가 조용히 입을 열었다.

"이번 프로듀스 아이돌 새 시즌에 참가를 하지 못해서 많이들 서운하다는 거, 나도 잘 알고 있어."

"……"

현우의 말에 신지혜와 두 소녀들은 말이 없었다.

이번 '프로듀스 아이돌 121' 새 시즌을 두고 큰 기대를 머금고 있던 게 사실이었기 때문이었다.

비단 세 소녀들뿐만 아니라 어울림 소속의 다른 연습생들도, 그리고 많은 대중들도 큰 기대를 가지고 있었다.

아직 불참 소식을 알지 못하는 대중들은 신지혜와 성희연, 오수정 같은 어울림 소속 연습생들이 1위 싸움을 할 거라는 예측을 내놓고 있기도 했다.

하지만 이 모든 것들이 거대 기획사들의 담합에 의해 수포로 돌아간 상태였다.

현우는 충분히 오수정의 마음을 이해할 수 있었다.

"삼촌, 우리 정말 못 나가는 거야?"

신지혜가 삐죽 입을 내밀었다.

현우의 입에서 '프로듀스 아이돌 시즌2'에 참가를 하지 않는다는 말을 듣자 이제야 실감이 나는 신지혜였다.

"원하지 않는 사람들이 많으니까 어쩔 수 없는 거지. 대신에 말이야."

"응?"

"우리 어울림도 가만히 앉아서 당하고만 있지는 않을 거야."

"당연하지! 가만히 두면 안 된다니까 삼촌?"

신지혜도 현우를 거들었다.

"삼촌! 확 지유 언니 앨범 내버리자! 다 망하게!"

신지혜를 보며 현우가 하하 웃었다.

"지유는 당분간 가족들이랑 쉴 거야. 앨범은 추후에."

"그럼 어떻게 하려고? 전국소녀 언니들 앨범 내려고?"

"아니."

"그럼, 드림걸즈 언니들?"

"아니, 계획은 있지만 아직은 일러."

현우가 계속해서 예상을 깨버리는 대답을 하자 신지혜가 볼을 부풀렸다.

"그럼 누구? 우리 아빠?"

"큰형님? 아니."

"아! 대체 누군데! 그럼!"

신지혜가 현우를 보며 여우처럼 눈을 흘겼다.

"음… 너희들?"

"우리?"

신지혜가 여우 같은 눈을 깜빡이며 되물었다.

현우가 태연한 얼굴로 고개를 끄덕거렸다.

"응. 너희들."

"삼촌, 뭐, 뭐라고? 다시 말해볼래?"

신지혜는 두 귀를 의심했다. 성희연과 오수정은 너무 놀라
서 입을 떡 벌리고 있었다.

신지혜가 현우의 소매를 잡고 흔들었다.

"삼촌? 진짜 우리야?"

"그래. 다들 예상하는 대로 지유가 앨범을 내버리면 재미도
없고 너무 싱겁잖아? 안 그래?"

현우가 씩 웃으며 말을 했다.

그런 현우를 보며 신지혜도 배시시 웃기 시작했다.

"역시 우리 삼촌이야. 재미있겠다!"

"그렇지?"

"저기요?"

오수정이 조심스레 삼촌과 조카 사이의 대화에 끼어들었
다. 현우가 고개를 돌렸다.

"그래. 수정아, 말해봐."

"회, 회장님. 저희 아직 고등학교 1학년이고 주, 준비도 덜

된 것 같고 여, 여러 부분에서 부족한 거 같기도 하고."

"저도 오수정의 의견에 공감하는 바입니다."

성희연도 손을 들곤 의견을 보탰다.

하지만 현우는 고개를 저었다.

"과연 그럴까? 내가 보기에는 전혀 아닌데?"

"네?"

오수정이 고개를 갸웃했다.

"회, 회장님은 미국에 계시느라 저희들 연습하는 것도 많이 못 보시고 또……."

오수정이 말끝을 흐렸고 성희연은 연신 고개를 끄덕거렸다.

미국 할리우드에서 활동을 하느라 몇 년 넘게 회장 자리를 비웠던 현우였다.

두 소녀가 이 점을 꼬집고 있었다.

현우가 머리를 긁적였다.

"우리 수정이가 은근히 뼈만 골라서 때리는 스타일이구나? 큰 수정이랑은 영 다르네?"

"죄, 죄송합니다!"

오수정이 또 눈물을 주렁주렁 매달려고 했다. 현우가 빙그레 웃어 보였다.

"맞는 말이야. 하지만 미국에서도 나는 너희들을 지켜보고 있었지."

"삼촌? 진짜야?"

"월말 평가 마지막 점수는 항상 내가 채점했으니까."

"아!"

오수정과 성희연이 동시에 탄성을 내질렀다.

미국 쪽 일과 대선배 송지유에게만 온통 관심을 기울이고 있다고 생각했던 회장님이 그동안 꾸준히 동영상과 자료를 통해서 평가를 내리고 있었다는 말이다.

그리고 그와 동시에 두 소녀는 큰 안도감이 들었다.

"봤지? 내가 우리 삼촌만 믿으면 아무 일 없다고 했잖아? 이 바보들아!"

신지혜가 의기양양한 얼굴로 턱을 치켜세웠다.

현우가 신지혜의 머리를 쓰다듬으며 다시 입을 열었다.

"이미 앨범 준비는 끝이 나 있는 상황이야. 이번에 한국으로 귀국하면서 미국 쪽 장비들이랑 인력들도 전부 데리고 왔으니까 다들 기대해도 좋을 거야."

"와아!"

성희연과 오수정이 존경과 감탄이 담긴 눈동자로 현우를 올려다보았다.

전국소녀 선배들과 드림걸즈 선배들이 왜 김현우, 김현우를 입에 달고 사는지를 알 것 같았다.

"그리고 오늘 저녁 비행기로 일본에서 새 멤버도 합류를 할 거고 말이지."

"삼촌! 최고야!"

신지혜가 다시 현우의 품에 안겨들었다. 확실히 현우가 돌아오니 모든 것들이 일사천리였다.

"근데 너희들 그룹 이름, 생각해 놓은 건 있어?"

현우가 신지혜를 떼어놓으며 물었다.

"어, 있긴 있어요!"

오수정이 또 힘차게 대답을 했다.

"뭔데?"

"인페르노요! 멋있죠?"

"......"

순둥이 같은 아이의 입에서 뜻밖의 단어가 나오자 현우가 멈칫했다.

현우가 이번에는 어른스러워 보이는 성희연을 쳐다보았다.

"희연이는?"

"제가 생각한 건, 레드아미인데요? 붉은 군대! 멋있지 않아요, 회장님?"

"......"

현우가 말없이 신지혜를 쳐다보았다.

신지혜가 골똘히 생각을 하다가 입을 열었다.

"삼촌, 우리 그룹 이름 이거 어때? 데스걸즈!"

"하아……."

결국 현우가 이마를 짚었다.

걸 그룹 이름에 인페르노에 레드아미도 모자라 데스걸즈라는 헤비메탈 락 그룹 같은 이름까지 나와 버렸다.

여러모로 참 터프한 아이들이었다.

"너희들 생각은 잘 알겠는데, 걸 그룹 이름치곤 너무 과해."

"그럼 삼촌이 생각해 놓은 건 있어?"

신지혜가 물었다. 현우가 팔짱을 끼고는 고개를 끄덕였다.

"당연히 있지."

"뭔데, 삼촌?"

신지혜뿐만 아니라 다른 두 소녀들도 현우를 뚫어져라 쳐다보았다.

과연 현우가 어떤 그룹명을 정해왔을지 기대가 되었다.

쏟아지는 소녀들의 기대 속에서 현우가 조용히 입을 열었다.

"소녀혁명(小女革命). 영어로 풀면 Girl's Revolution."

신지혜와 두 소녀들을 보며 현우가 씩 웃었다.

"소녀혁명(小女革命). 영어로 풀면 Girl's Revolution. 소녀들이 가요계에 혁명을 일으킨다. 뭐 이런 뜻이지. 어때? 나랑 지유가 나름 고심해서 지은 이름이야."

현우가 다시 한번 새 걸 그룹의 이름과 그 뜻을 설명했다.

그러고는 소녀들의 반응을 살폈다. 어찌 되었든 당사자들의 마음에 와닿아야 하는 게 우선이었다.

"소녀혁명, 소녀혁명. 삼촌! 난 마음에 들어!"

신지혜의 입가에 진한 미소가 번졌다.

"회장님! 좋아요! 지금 죽어도 미련이 없을 것 같아요!"

오수정도 두 손을 모은 채로 몽롱한 표정을 했다.

울다 웃고, 웃다가 울고 참 특이한 아이였다.

"오수정, 그건 좀. 데뷔는 하고 죽어야지."

성희연이 그런 오수정을 자제시켰다. 현우가 이번에는 성희연을 쳐다보았다.

"하하. 희연아, 네 생각은?"

"저 역시 회장님의 탁월한 안목에 감탄하는 중이었습니다. 아하하."

"잘됐다."

현우가 빙그레 웃었다.

다행히도 세 소녀들의 취향을 저격한 것 같았다. 일단 첫 관문은 통과를 한 셈이었다.

현우가 손목시계를 쳐다보았다. 얼추 점심시간이 되어가고 있었다.

"밥이나 먹으러 가자. 내가 쏜다."

"치. 어차피 구내식당이면서."

신지혜가 여우 눈을 흘겼다.

그러면서도 자연스럽게 현우의 팔짱을 꼈다. 성희연과 오수정도 현우의 옆으로 찰싹 붙었다. 그러고는 현우를 보며 눈웃음을 흘렸다.

문득 어제 최영진이 해주었던 말들이 떠올라 현우가 고개를 갸웃거렸다.

신지혜가 현우를 올려다보았다.

"삼촌, 무슨 생각해?"

"아니 별거 아니긴 한데, …영진이가 너희들을 조심하라고 했거든? 근데 대체 뭘 조심하라는 건지 모르겠네. 내가 보기엔 비글들보다 훨씬 얌전하고 착한데?"

"아하하. 잘, 잘 보셨어요."

성희연이 또 특유의 웃음소리를 내뱉으며 민망해했다.

"……."

오수정은 고개를 푹 숙인 채 말이 없었다.

이상한 분위기를 감지한 현우가 신지혜를 내려다보았다.

"너희들, 막 다연이랑 비글들처럼 지옥에서 온 비글들 소리 듣고 있는 건 아니지?"

"아니야, 삼촌. 우린 아무 잘못도 없어. 근데 영진 삼촌이 그랬다고?"

신지혜의 눈매가 가늘어졌다.

"아마도?"

"알았어. 밥 먹으러 가자."

신지혜가 황급히 현우를 이끌었다.

*　　　*　　　*

인천국제공항.

깔끔한 슈트 차림의 박수호가 어울림 엔터테인먼트 일본 지부 직원들과 함께 여행 가방을 끌고 공항을 빠져나오고 있었다.

박수호의 곁에는 비서이자 연인인 나나미도 함께였다.

"본부장님, 우리 아이들이 잘할 수 있을까요?"

나나미는 한국에 도착하자마자 근심이 가득해 보였다.

박수호가 그런 나나미의 손을 꼭 잡아주었다.

"걱정 말아요. 우리도 그동안 놀고만 있었던 건 아니잖아요."

"혹여나 한국 아이들이 텃세를 부리진 않을까요?"

"지혜가 걱정이 되긴 하지만, 그렇게 안하무인인 아이는 아니에요. 그리고 저는 오히려 우리 아이들이 더 걱정입니다. 후우……."

박수호가 고개를 돌려 마스크를 쓴 채로 걸음을 옮기고 있는 두 소녀를 쳐다보았다.

이번 어울림 엔터의 새 걸 그룹 프로젝트를 위해 일본 지부에서 특별히 선별된 아이들이었다.

근데 문제는 두 아이들의 성격이 유난하다는 것이었다.

과연 한국 연습생들과 잘 어울릴 수가 있을지가 문제였다.

박수호가 머릿속으로 두 일본 연습생과 신지혜, 성희연, 오수정의 조합을 그려보았다.

"하아."

저절로 한숨이 나왔다.

나나미가 박수호의 얼굴을 쓰다듬었다.

"본부장님 얼굴 상한 거 보세요. 어쩜 좋아요?"

"괜찮아요, 나나미 씨. 그런데 우리 어울림은 터가 안 좋은 걸까요? 왜 여자들이 죄다 보통내기들이 아닌지."

박수호의 한탄에 나나미의 얼굴이 굳었다.

"설마 그 범주 안에 저도 포함되는 건가요?"

"예? 그게 또 그렇게 해석이 되는 겁니까? 당연히 아니죠."

박수호가 당황하며 급히 변명을 했다.

"본부장님의 본심은 잘 들었습니다. 그럼 저는 이만."

나나미가 쌩, 찬바람을 풍기며 먼저 앞으로 나아갔다.

"나, 나나미 씨! 나나미!"

박수호가 멍한 얼굴을 했다.

요즘 들어 툭하면 삐지고 서운해하는 나나미가 낯설었다.

"혼자면 외롭고, 둘이면 열받는 게 연애지."

마스크를 쓰고 있던 긴 머리의 소녀가 박수호를 보며 중얼거렸다.

박수호가 괜히 뜨끔했다.

"히나? 우리 싸운 거 아니야. 그냥 작은 오해가."

"본부장님, 애쓰지 마세요. 어차피 5분만 있으면 또 붙어먹을 거면서."

"어, 어? 히나야! 어디서 그런 한국말을 배운 거야? 그건 나쁜 뜻이야."

박수호가 엄한 얼굴을 했다.

그러자 단발머리에 마스크를 쓴 소녀가 히나의 머리에 꿀밤을 먹었다.

"죄송합니다! 본부장님! 제가 가르쳐 줬어요. 헤헤."

"카나!"

"왜요? 오늘 뜨밤 보내실 거잖아요? 헤헤."

"카나, 뜨밤은 무슨 뜻이야?"

히나가 물었다.

카나가 마스크를 벗고는 음흉한 미소를 머금었다. 그러고는 히나의 귀에다 대고 무언가를 속삭이기 시작했다.

"…더러워."

하나가 박수호를 보며 정색을 했다.

박수호는 괜히 억울했다. 카나만이 음흉한 미소를 머금고 있었다.

"더럽기는 다 좋은 거야. 헤헤."

"애들아. 제발… 그만하자. 응?"

박수호가 간신히 아이들을 뜯어말렸다.

그사이 공항을 빠져나온 박수호 일행의 앞으로 초록색 스프린터가 다가왔다.

창문이 내려가고 익숙한 얼굴이 나타났다. 최영진이었다.

"수호야!"

"영진 형님!"

박수호가 하얀 이를 드러내며 웃었다.

최영진이 급히 내렸다.

"하하! 잘 왔어."

최영진이 사람 좋은 미소와 함께 박수호의 어깨를 두들겼다.

"잘 지내셨죠? 저번에 한국에 왔을 때 인사도 못 하고 가서 섭섭했습니다."

"그러게 말이다. 이번엔 한국에 제법 있을 거라며? 자주자주 보면 되지 뭐."

그렇게 말하곤 최영진이 박수호의 뒤에 서 있는 두 소녀들을 쳐다보았다.

박수호가 두 소녀를 향해 입을 열었다.

"인사해. 그 유명한 최영진 실장님이야."

"안녕하세요."

입을 모아 인사를 한 후, 두 소녀가 일제히 마스크를 벗었다. 최영진이 얼굴 가득 미소를 머금고는 소녀들을 살펴보다 살짝 놀랐다.

꼭 일본 순정 만화 속에서나 나올 법한 미소녀풍의 아이들이었다.

"너희들이 소문의 히나, 카나 자매구나? 쌍둥이라더니 정말 똑같이 생겼네. 이거 어떻게 구분을 해야 하지?"

최영진이 머리를 긁적였다. 그때 카나가 손을 들어 당당하게 자신의 상체를 가리켰다.

"좀 더 글래머러스한 쪽이 언니입니다! 그러니까 제가 언니라는 소리죠! 히나, 너는 딸기 우유 더 먹어야겠다."

"……."

당황스러움에 최영진이 할 말을 잃어버렸다. 박수호가 헛웃음을 흘리며 입을 열었다.

"머리가 긴 아이가 동생 히나고, 여기 단발머리 아이가 카나입니다, 영진 형님."

"그, 그렇구나. 일단 타자. 늦겠어."

최영진이 급히 말을 돌리곤 먼저 스프린터 운전석으로 올라탔다.

＊　　　＊　　　＊

　　어울림 엔터테인먼트 신사옥 12층 대회의실.

　　100평이 넘는 규모의 회의실에 어울림 주요 임직원들과 소속 아티스트들이 모두 모여 있었다.

　　그리고 그들의 시선이 한곳에 모아져 있었다.

　　시선이 모아진 곳에는 신지혜와 성희연, 오수정이 회의실 스크린 앞으로 우두커니 서 있었다.

　　"옛날 기억나네."

　　여유로운 신지혜와 다르게 성희연과 오수정은 어쩔 줄을 몰라 하고 있었다.

　　"어, 어지러워, 지혜야."

　　오수정이 현기증을 호소했다.

　　성희연이 그런 오수정을 부축했다.

　　"수정아, 죽지 마. 죽을 거면 데뷔는 하고 죽어."

　　"성희연, 너어?"

　　"오케이! 여기까지."

　　성희연이 눈동자가 변하려고 하는 오수정을 급히 진정시켰다.

그때였다.

철컥, 대회의실 문이 열리며 회장인 현우와 사장인 손태명이 모습을 드러내었다.

"진짜 다 모였어?"

현우가 어울림 식구들을 살펴보며 얼굴 가득 미소를 머금었다.

그러자 손태명이 현우의 어깨를 툭 쳤다.

"그래서 좋냐?"

"응. 오랜만에 다들 모이니까 좋네."

그렇게 말하곤 현우가 신지혜와 아이들 쪽으로 시선을 돌렸다.

현우가 나타나자 잔뜩 긴장을 하고 있던 성희연과 오수정이 안도를 했다.

살짝 미소를 지어 보인 다음 현우가 신지혜의 옆에 다가섰다.

그리고 어울림 식구들을 천천히 살펴보았다.

연인인 송지유를 비롯해서 엘시와 드림걸즈 멤버들, 그리고 이솔과 전국소녀 멤버들의 모습도 보였다.

또한 신현우와 서유희의 모습도 보였다. 소속 아티스트들뿐만 아니라 오랜 세월을 함께한 임직원들도 함께였다.

"태명아, 영진이는?"

"곧 도착할 거야."

때마침 대회의실 문이 열리며 최영진과 박수호, 나나미가 모습을 드러내었다.

그리고 새 걸 그룹 프로젝트에 합류를 할 히나와 카나의 모습도 보였다.

"늦었습니다!"

"아냐. 시간 맞춰서 잘 왔네. 박수호 본부장도 오랜만이다?"

현우가 반갑게 박수호를 맞이했다.

박수호가 환한 미소와 함께 현우와 짧은 포옹을 나누었다.

"반갑다. 카나랑 히나라고?"

현우가 쌍둥이 자매를 유심히 살폈다.

그동안 자료들을 통해서 두 아이들의 연습 과정과 성장기를 지켜봐 왔다.

하지만 막상 실물로 보니 S&H 소속 걸즈파워 2기의 쌍둥이 멤버들인 Sia, Tia 자매가 생각나지 않을 정도로 우월한 쌍둥이 자매들이었다.

"와아~ 소문의 그 나이스한 회장님이네요? 아주 나이스!"

카나가 초롱초롱 눈동자를 빛냈다.

"……"

히나 역시 말은 없었지만 현우에게 큰 관심을 보이고 있었다.

"아주 나이스한 회장님? 하하."

현우가 쓰게 웃었다.

17살치곤 농익은 멘트였다. 흘깃 송지유를 살펴보니 역시나 얼굴을 찌푸리고 있었다.

"여기 한번 서볼래, 애들아?"

현우의 말에 카나, 히나 쌍둥이 자매가 신지혜의 옆쪽에 섰다.

현우가 몇 발자국 물러서서 다섯 명의 소녀들을 살펴보았다.

신지혜를 중심으로 좌우에 카나와 히나 쌍둥이 자매, 그리고 성희연과 오수정이 자리를 잡고 있는 꼴이었다.

"으음… 넌 어때, 태명아?"

"확실히 비주얼적으로는 군더더기가 없다. 아니, 너무 과할 정도야."

"그렇지?"

손태명의 평가에 현우가 빙그레 웃었다.

오래전 구상했던 그 모습 그대로 다섯 소녀들이 자리를 잡고 서 있었다.

신지혜는 어렸을 적부터 리틀 송지유라 불릴 정도로 예쁜 아이였고, 다른 멤버들 역시 만만치 않은 비주얼을 가지고 있었다.

쉽게 말해서 비주얼적으로는 어디 한 군데 부족한 멤버가 없었다.

"비주얼은 완벽해도 문제는 실력이란 말이지."

손태명이 현우에게 말했다.

"그렇지."

현우도 공감을 했다.

보통 아이돌 그룹에서 센터 멤버와 비주얼 멤버, 푸쉬 멤버 그리고 실력파 멤버들을 따로 구분 짓는 이유가 있었다.

스타성과 비주얼, 실력을 모두 겸비하기가 상당히 어려웠기 때문이었다.

송지유나 엘시, 이솔이 어울림 3대 갓이라 불리는 이유도 바로 이 점에 있었다.

셋 모두 스타성과 비주얼, 실력을 함께 겸비하고 있었기 때문이었다.

그랬기에 대다수의 기획사들이 아이돌 그룹을 계획할 때, 센터 멤버와 비주얼 멤버, 푸쉬 멤버, 그리고 실력파 멤버들을 적절하게 섞는 데 총력을 기울였다.

하지만 여기 다섯 소녀들은 달랐다.

애초 기획부터 스타성과 비주얼, 실력을 모두 갖춘 아이들을 뽑았고, 수년에 걸쳐 엄청난 투자를 했다.

특히 신지혜야말로 향후 어울림의 미래를 책임질 아이였다.

"자, 그럼 그동안의 결과물들을 한번 볼까?"

현우가 신지혜와 소녀들을 보며 말했다. 신지혜가 고개를 끄덕거렸다.

"철용아."

"예, 형님."

곧이어 대회의실에 세계적인 디바 미스 J의 히트곡 'Sexy Cosmetic'의 전주가 흘러나왔다.

"엥? 꽤 어려울 텐데?"

엘시가 살짝 걱정을 했다.

'Sexy Cosmetic'은 엘시가 미스 J와 함께 즉흥 공연을 펼쳤던 그 곡이기도 했다.

보컬 난이도도 상당히 높았고, 무엇보다 안무가 어렵기로 유명한 곡이었다.

"쟤네 봐. 뭐야?"

이지수를 비롯해 전국소녀 멤버들도 눈을 크게 떴다.

멀뚱멀뚱 서 있기만 하던 아이들이 전주가 흘러나오자마자 180도로 분위기가 달라져 버렸다.

특히 센터인 신지혜는 꼭 미스 J를 보는 것만 같았다.

신지혜를 중심으로 네 명의 소녀들이 순식간에 대회의실을 장악해 버렸다.

까다로운 안무가 대다수인 곡임에도 다섯 소녀들이 군더더기 없이 완벽하게 호흡을 맞췄다.

보컬 파트에서도 호흡 하나 놓치지 않을 정도였다.

드디어 문제의 고음 파트가 다가왔다. 어울림 식구들은 누가 고음을 올리느냐에 촉각을 기울였다.

음색이 하이톤인 오수정이 유력해 보였다.

그때였다. 갑자기 신지혜가 고음을 올리기 시작했다.

"지혜가 메인 보컬이었어?"

전국소녀의 리더인 김수정이 깜짝 놀랐다.

다른 어울림 식구들도 신지혜가 메인 보컬이라는 점에서 크게 놀라고 있었다.

신지혜가 엘시처럼 별다른 어려움 없이 고음을 소화했다. 그 모습을 신현우가 대견한 듯 쳐다보고 있었다.

그사이 3분 정도의 무대가 끝이 났다.

"……"

대회의실 안에 침묵이 감돌았다.

특히 드림걸즈 멤버들과 전국소녀 멤버들은 크게 충격을 받은 상태였다.

17살밖에 되지 않은 까마득한 후배들이 정말이지 무시무시한 실력들을 갖추고 있었다.

그 어려운 미스 J의 'Sexy Cosmetic'을 완벽하게 소화를 해내었다.

특히 늘 막냇동생으로만 생각하고 있던 신지혜가 보여주는 퍼포먼스에 더 큰 충격을 받은 상태였다.

짝짝짝.

현우의 박수를 시작으로 여기저기서 박수들이 쏟아졌다. 손태명이 현우를 보며 픽 웃었다.

"김현우표 걸 그룹이 또 세상에 빛을 발하는 건가?"

"벌써부터 비행기 태우지 마라."

현우가 쓰게 웃었다.

그러고는 신지혜와 멤버들을 향해 입을 열었다.

"다들 수고했어."

"삼촌, 그럼 우리 데뷔하는 거야?"

신지혜가 숨을 고르며 대표로 물었다. 현우가 고개를 끄덕거렸다.

"그래. 데뷔하자."

"삼촌!"

신지혜가 다다다 현우에게 달려와 안겼다.

성희연과 오수정은 서로를 얼싸안고는 방방 뛰고 있었다.

그리고 어느새 카나와 히나도 현우의 팔에 주렁주렁 매달려 있었다.

"야? 너희는 뭐야? 우리 삼촌 오늘 처음 보는 거 아냐?"

신지혜가 눈을 흘기며 따졌다. 카나가 헤헤 웃었다.

"네 삼촌, 우리도 같이 좀 쓰자, 신지혜."

"같이 좀 쓰자, 신지혜."

히나도 카나를 거들었다.

"누구 마음대로? 떨어져!"

신지혜가 카나와 히나를 떼어내려 애를 썼다.

쓴웃음을 머금은 채로 현우가 손태명을 쳐다보았다.

"태명아, 내가 말해놨던 건 진행 중이지?"

"구두 합의는 끝났어."

"뭔데요? 형님?"

최영진이 물었다. 현우가 씩 웃었다.

"얌전하게 그냥 데뷔만 시킬 생각은 없어. 받은 만큼 돌려
줘야 하지 않겠어?"

"예? 무슨 뜻인데요, 형님? 알아듣게 좀 설명해 주세요."

"곧 다 알게 될 거다, 영진아."

"형님! 태명 형님이랑 둘이서만 또!"

최영진이 울상을 했다. 현우는 그저 웃기만 하며 최영진의
어깨를 두들겼다.

＊　　　＊　　　＊

**[Galaxy Wars: 여왕의 귀환' 외화 역사상 최단 기간 500
만 돌파 기록! 천만 고지 눈앞?]**

[Galaxy Wars: 여왕의 귀환' 전 세계적인 흥행 신드롬!]
[송지유, 이제는 할리우드에서 탑 배우로 우뚝 선다!
'Galaxy Wars' 연일 전 세계에서 호평 중!]

그야말로 승승장구였다. 'Galaxy Wars' 새 오리지널 작품
은 한국을 비롯해 전 세계에서 호평을 받고 있었다.

동양인 여배우 송지유를 핵심 주연으로 캐스팅했다는 할리
우드 일부 관계자들의 우려도 깨끗하게 날려 버릴 정도였다.

또한 'Galaxy Wars' 새 오리지널 작품의 흥행은 현우와 송
지유에게 막대한 이득들을 가져다 주었다.

제작과 투자에 참여를 한 현우는 제작자로서 더 굳건한 명
성을 쌓을 수 있었고, 송지유 역시 주목받는 신인 배우에서
명백한 대세 배우로 거듭났다.

"흐음. 이 정도면 중증인데?"

회장실 책상에 한쪽 팔을 걸친 채로 현우가 볼을 긁적였다.
미국 쪽 대형 커뮤니티마다 아스카 공주를 연기한 송지유를
찬양하는 글들이 계속해서 올라오고 있었다.

현우도 처음 보는 사진들을 비롯해서 촬영장 사진들, 그리
고 영화 속 모습들까지 돌아다니고 있었다.

그것뿐만이 아니었다.

영화 속에서 나왔던 아스카 공주 친위 기사단을 모집하는

글에 수많은 사람들이 댓글을 달고 있었다.

극성맞기로 유명한 'Galaxy Wars' 팬들이 송지유에게 제대로 빠져든 셈이었다.

"이거 같이 길거리 걷다가 어떻게 되는 건 아니겠지?"

현우가 회장실 소파에 앉아서 스웨터를 짜고 있는 송지유를 쳐다보았다.

송지유가 그런 현우를 보며 풋 웃었다.

"혹시 모르죠?"

"어?"

"감독님한테 들었는데, 레아 공주를 연기했던 캐리 피셔 선배님은 길거리도 다니지 못할 정도였대요."

"그래? 이거 큰일이네."

현우가 쓴웃음을 머금었다. 그래도 기분은 전혀 나쁘지 않았다.

오히려 중압감을 이기고 훌륭한 연기를 선보인 송지유가 자랑스러웠다.

"오빠."

"웅."

현우가 서류에 사인을 하며 대답했다.

송지유가 털실 뭉치들을 내려놓고는 현우에게 다가왔다.

"오늘 우리 집에서 저녁 먹기로 했다면서요?"

"응."

"시간, 괜찮아요?"

송지유가 의외라는 얼굴을 했다.

한국에 복귀한 지 일주일째, 현우는 회사에서 먹고 자며 일에 몰두 중이었다.

"가족들 모임에 빠질 수는 없지. 특히 우리 지유 가족들이라면."

"느끼해."

"느끼해서 싫어?"

"아뇨. 좋아요."

송지유가 현우의 목에 두 팔을 감았다.

송지유 특유의 꽃향기가 진동을 했다. 현우가 빙그레 웃으며 송지유의 얼굴을 쓰다듬었다.

그때였다.

똑똑, 노크 소리가 들려왔다. 그리고 곧장 문이 열리며 김철용이 등장했다.

"아이고! 저 다시 나갈까요?"

다정한 현우와 송지유를 보며 김철용이 미안한 얼굴을 했다. 송지유가 고개를 저었다.

"괜찮아요, 철용 오빠."

"후우."

"왜 갑자기 한숨이야?"

현우가 물었다.

김철용이 한숨을 삼키며 입을 열었다.

"사장실 갈 때마다 은정이랑 태명 형님 때문에 고역이었거든요. 근데 회장실도 상황이 별반 다르지 않으니 이거 힘드네요?"

"하하. 미안하다, 미안해. 철용이, 넌 아직 소식 없냐?"

"저, 저요? 없습니다!"

"뭐야? 왜 그렇게 강하게 부정을 해?"

"……."

김철용이 차마 대꾸를 하지 못했다.

아무래도 좋아하는 사람이 생긴 것 같은 눈치였다. 현우가씩 웃다가 입을 열었다.

"지혜랑 아이들은 잘 어울리지?"

"네. 뭐 처음 보는 사이들도 아니니까요. 참, 오늘 저녁 모임에 아이들도 데리고 가실 겁니까, 형님?"

"응. 당연히 데리고 가야지. 그러니까 너도 단단히 준비해라. 철용아."

"후우. 떨리네요."

"떨려?"

"예. 아이돌 그룹 쪽 일은 처음 해보는 거니까요. 또 우리

유희 누님이 워낙에 천사시잖아요. 저도 좋은 시절 다 갔습니다. 요즘은 갑자기 영진이 형님이랑 석훈 형님이 존경스럽다니까요?"

현우가 조용히 웃었다.

최영진은 '전국소녀' 팀의 책임자였고, 고석훈은 '드림걸즈' 팀의 책임자였다.

걸 그룹 매니저들로서 그동안 많은 고생을 해온 최영진과 고석훈이었다.

특히 돌부처라 불리는 고석훈이 아니면 '드림걸즈' 멤버들의 매니저를 맡을 사람이 없다는 말이 회사에서 돌아다니고 있었다.

그런데 문제는 새롭게 선을 보일 걸 그룹 '소녀혁명' 멤버들도 소악마들로 악명이 자자하다는 것이었다.

"백지윤 매니저랑 철용이 네가 수고 좀 해야지. 어쩌겠어?"

"후우. 그렇죠?"

"그래. 그럼 아이들 준비시켜 봐."

"예, 형님."

김철용이 회장실을 나갔다.

쪽, 송지유의 이마에 입을 맞추고는 현우도 자리에서 일어났다.

"우리도 가보자."

"어디를요?"

"사랑이 꽃피는 사장실?"

현우의 농담에 송지유가 작게 웃었다.

＊　　　＊　　　＊

"비타민 아~"

비타민 통에서 비타민 하나를 꺼내곤 김은정이 콧소리를 섞었다.

"아~"

이제는 비타민 조련에 익숙해진 손태명이 참새 새끼처럼 입을 벌렸다.

새끼손톱만 한 비타민이 손태명의 입안으로 쏙 들어갔다.

"맛있어요?"

"맛있네."

"히히!"

책상 위에 걸터앉아 있던 김은정이 동동 발을 굴렀다.

손태명은 그런 김은정을 보며 귀여워 죽겠다는 표정을 했다.

"왜 그렇게 쳐다봐요? 귀여워서?"

"그래. 귀엽다."

"히히! 예쁜 말 했으니까 비타민 하나 더~"

"아주 가지가지 하네?"

문득 들려오는 송지유의 음성에 김은정이 행동을 멈추었다.

"……."

손태명도 안경을 고쳐 쓰며 괜히 애꿎은 서류를 살펴보기 시작했다.

송지유가 팔짱을 꼈다.

사장실인지 아니면 사랑방인지 도무지 알 수가 없었다.

"요즘 회사에서 매일 이러고 있는 거예요, 태명 오빠?"

"……."

민망함에 손태명이 아무런 대꾸도 하지 못했다.

책상에 걸터앉아 있던 김은정이 척, 바닥으로 내려왔다.

그러고는 손태명의 앞에 우뚝 섰다.

"왜? 우린 그러면 안 돼? 그동안 너랑 현우 오빠도 가관이었어."

"우리가 언제?"

송지유가 발끈했다.

"매일! 매 시간! 매 분! 매 초!"

"……."

하나둘 떠오르는 기억에 송지유의 얼굴이 붉어졌다.

"사랑의 힘인가? 은정이 많이 세졌는데?"

현우도 딱히 할 말이 없었다.

대신 손태명을 쳐다보았다. 현우와 손태명이 서로를 보며 동시에 웃음을 터뜨렸다.

"웃지 마요!"

"진지하니까 웃지 마요!"

송지유와 김은정이 동시에 날카롭게 소리를 질러댔다.

"……"

"……"

현우와 손태명이 서로를 보며 꾹 입을 다물었다.

이유는 몰랐지만 송지유와 김은정 간의 기 싸움이 장난이 아니었다.

현우가 손태명에게 다가가 조용히 물었다.

"근데 지유랑 은정이 왜 저래?"

"나도 몰라. 넌 아냐?"

"아니? 전혀? 싸웠나?"

그사이 송지유와 김은정이 서로 팔짱을 끼며 팽팽한 신경전을 벌이고 있었다.

현우와 손태명은 덩달아 숨을 죽이고 있었다.

선공은 송지유였다.

"비타민 그만 먹여. 태명 오빠, 비타민 중독 걸리겠어."

"너도 현우 오빠 SNS 일일이 감시하지 마. 얼마나 답답하겠어?"

송지유의 공격을 그대로 맞받아치는 김은정이었다.

"어쩔 수 없어. 달라붙는 여자가 한둘이어야지."

"나도 어쩔 수 없어. 매일 술을 마시니까. 요즘은 현우 오빠 한국 왔다고 매일 둘이 술 마시잖아."

"힘들었겠다, 은정아."

"너도. 미스 J인가 뭔가 하는 애, 다음 달에 한국 내한 공연 온다며?"

"응. 스트레스 받아 죽겠어."

"김발놈이네."

"손발놈이고."

송지유와 김은정이 갑자기 서로를 보며 웃었다.

"쏭! 우리끼리 싸우지 말자!"

"응! 쩡!"

언제 그랬냐는 듯 송지유와 김은정이 서로를 꼭 끌어안았다.

그러고는 두 여자의 시선이 일제히 현우와 손태명에게로 향했다.

먼저 송지유가 입술을 떼었다.

"오늘부터 둘이서 따로 보는 거 금지예요."

"어?"

현우가 황당해했다.

"우리들도 껴서 보는 거 아니면 무조건 금지!"

"으, 은정아?"

김은정의 선언에 손태명도 소태 씹은 표정을 했다.

"오늘부터 지유랑 동맹을 맺을 거니까 그렇게들 알아요?"

"……."

"……."

현우와 손태명이 할 말을 잃어버렸다. 그러고는 서로 손을 굳게 잡았다.

*   *   *

"우와! 여기 집 맞아?"

"희연아, 여긴 어떤 사람들이 살까?"

성희연과 오수정이 스프린터 밖을 내다보며 두 눈을 동그랗게 떴다.

거대한 정문을 넘어 한눈에 다 들어오지도 않는 저택이 끝도 없이 펼쳐져 있었다.

"지, 지혜야! 저기 봐봐!"

저택 정원에는 인공적으로 만든 작은 호수도 보였고, 아예 작은 놀이공원까지 만들어져 있었다.

"촌스럽게 굴지 마, 성희연이랑 오수정."

신지혜가 다리를 꼰 채로 얼굴을 구겼다.

"신지혜, 월클병 좀 작작?"

"희, 희연아?"

성희연을 오수정이 말렸다.

"월클병이 아니고. 월클이야."

신지혜의 대꾸에 성희연이 두 눈을 찌푸렸다.

"응. 재수 없어."

"키다리."

신지혜도 지지 않았다. 성희연이 썩소를 머금었다.

"리어카."

"카센터."

신지혜가 곧장 카운터를 쳤다.

"아!"

단어가 떠오르지 않았다. 성희연이 씩씩거렸다.

"터키. 바보야, 공부 좀 해라."

그렇게 말하곤 신지혜가 옆 좌석에 앉아 있는 쌍둥이 자매를 쳐다보았다.

쌍둥이 자매들이 곤히 자고 있었다. 그래서 그런지 스프린터 안이 조용했다.

그사이 김철용이 운전하고 있는 스프린터가 대저택의 정문 앞에서 멈추었다.

"얘들아, 다 왔다."

때마침 드르륵 문이 열리며 현우가 모습을 드러내었다.

"삼촌~"

혀 짧은 소리와 함께 신지혜가 현우를 향해 양팔을 벌렸다.

어렸을 적 현우가 자주 신지혜를 밴에서 내려주곤 했었다.

"하하, 녀석."

옛 기억이 떠올라 현우도 흔쾌히 신지혜를 안고는 스프린터에서 내려주었다.

"저 불여우."

"부럽다."

성희연과 오수정이 상반된 반응을 보였다.

"삼촌~"

"삼촌~"

카나와 히나, 쌍둥이 자매도 현우를 향해 두 팔을 벌렸다.

신지혜가 황당한 얼굴을 했지만 쌍둥이 자매가 한발 더 빨랐다.

현우의 팔에 주렁주렁 매달려 스프린터에서 내렸다.

"야? 너희들 죽을래? 내 삼촌이야!"

"히나, 잘 잤어?"

"응. 개운해. 카나."

신지혜가 화를 냈지만 쌍둥이 자매는 들은 척도 하지 않고 서로 대화를 나눌 뿐이었다.

"듣고 싶은 것만 듣는 스타일이야, 쟤네."

성희연이 신지혜의 어깨를 다독였다.

그사이 대저택의 주인인 문태진과 그의 아내 정민지가 두 살배기 남자 아이를 안고 나타났다.

문태진과 정민지의 뒤쪽에는 송지유의 외할머니와 동생 송유라도 함께였다.

"다들 왔구나?"

문태진이 사람 좋은 미소로 현우 일행을 반겼다.

"잘 왔어요, 아가씨. 현우 씨도 반가워요."

정민지도 환한 미소로 현우 일행을 반겼다.

*   *   *

"오빠?"

송지유가 대저택의 거실에 차려진 수많은 음식을 보며 눈을 찌푸렸다.

전 세계 각국의 요리들이 족히 수백 가지가 넘게 준비가 되어 있었다.

수백 가지가 넘는 음식들을 보며 '소녀혁명' 멤버들이 눈을 휘둥그레 떴다.

신지혜만이 송지유의 옆에서 태연한 표정을 하고 있을 뿐이었다.

"지유, 네가 잘 먹었으면 좋겠다 싶어서 그랬어."

문태진이 부드럽게 웃었다.

그 마음을 알기에 송지유도 더 뭐라고 말을 하지 못했다.

"바로 식사하자. 여보?"

"네, 태진 씨."

정민지가 현우 일행을 거실 테이블로 안내했다.

그렇게 저녁 만찬이 시작되었다.

익숙한 현우나 송지유, 신지혜와 다르게 김철용과 '소녀혁명' 멤버들은 잔뜩 주눅이 들어 있었다.

말로만 들었던 미디어 재벌의 위용을 처음으로 겪어봤기 때문이었다.

거실과 주방, 천장 할 것 없이 고가의 장식품들이 걸려 있었다.

아무렇지도 않게 식사를 하고 있는 송지유나 신지혜가 다른 사람으로 보일 정도였다.

"현이 이리 와~"

신지혜가 송지유의 품에 안겨 있는 문현을 불렀다.

아직 어린 아기였지만 문현이 꺄르르 웃으며 신지혜의 품으로 옮겨갔다. 그러더니 품에서 방실방실 웃기 시작했다.

"우리 현이가 지혜를 참 좋아하는 거 같아요, 현우 씨."

"그렇습니까, 형수님?"

"지혜를 좋아하는 것도 있는데, 현이 저 녀석, 여자를 진짜 좋아해."

"여보?"

정민지가 문태진을 타박했다. 문태진이 하하 웃기만 했다.

"나도~ 나도~ 안아볼래."

카나가 신지혜에게 손을 내밀었다.

신지혜가 조심조심 문현을 건넸다. 문현을 안아 든 카나가 제법 능숙하게 자세를 잡았다.

"미안, 카나 누나는 아직 찌찌를 못 줘요."

"......"

오수정이 그대로 굳어버렸다. 그러고는 문태진과 정민지의 눈치를 봤다.

대저택 여기저기에서 경계를 서고 있는 무서운 경호원 아저씨들의 얼굴도 떠올랐다.

"제, 제가 안고 있겠습니다!"

성희연이 서둘러 카나로부터 문현을 안아 들었다. 그러고는 쌍둥이 자매를 노려보았다.

신지혜 하나로도 힘이 드는데, 도무지 감당이 되지 않는 아이들이었다.

어쨌든 화기애애한 식사가 계속되고 차와 디저트들이 준비되어 나왔다.

문태진이 찻잔을 내려놓으며 신지혜와 '소녀혁명' 멤버들을 살폈다.

"이번에 어울림에서 새롭게 데뷔를 하는 아이들이 지혜랑 이 아이들인 거지, 현우야?"

"네, 태진 형님."

현우가 고개를 끄덕이며 대답했다.

"소녀혁명이라… 좋은 이름인 거 같아. 그래서 이 아이들이랑 우리 N.NET에서 리얼리티 프로그램 하나를 찍고 싶다고?"

문태진의 말에 '소녀혁명' 멤버들이 두 귀를 쫑긋했다.

'프로듀스 아이돌 시즌2' 출연이 불발된 이 시점에서 가뭄의 단비 같은 말이었다.

특히 성희연과 오수정은 입이 찢어질 듯 커져 있었다.

"그렇게 해, 현우야."

"……"

"……"

성희연과 오수정이 멍한 얼굴을 했다.

프로그램 출연 결정이 이렇게 손쉽게 이루어지다니 신기하면서도 새삼 현우와 문태진이 더 대단하게만 느껴졌다.

"더 도와줄 건 없을까?"

"지유 영화처럼 그룹 차원에서 우리 아이들, 홍보를 좀 해주세요, 태진 형님."

"그래. 홍보야 내가 전문이지."

문태진이 송지유를 보며 활짝 웃었다.

아직도 대한민국 곳곳에는 'Galaxy Wars'의 송지유 포스터가 광고가 되고 있었다.

"와아~"

"대, 대박!"

성희연과 오수정의 입이 더욱 커졌다.

CV 그룹의 대대적인 송지유 홍보를 직접 두 눈으로 봤던 아이들이었다.

그리고 그 영향력이 얼마나 무서운지를 성희연과 오수정은 누구보다도 잘 알고 있었다.

문태진이 벨기에산 고급 쿠키를 입으로 넣으며 다시 말을 이어갔다.

"아, 참. 그리고 Sun film 쪽에서 기획안이 어제 도착했어. 스파이더 실크, 전적으로 우리 자본으로만 제작할 거라며?"

"저희 어울림에서 반, CV에서 반 정도를 투자하면 될 것 같습니다, 태진 형님."

"그래. 그럼 그렇게 하자."

현우의 말이라면 무조건 오케이부터 하는 문태진이었다. '소녀혁명' 멤버들이 또 한 번 놀랐다.

"너희들, 우리 삼촌이 어떤 사람인지 봤지?"

신지혜가 '소녀혁명' 멤버들을 보곤 의기양양해했다.

현우와 문태진이 그런 신지혜를 보며 하하 웃었다.

"지혜한테 말은 했어, 현우야?"

"이제 해야죠."

"어? 나한테 할 말 있어, 삼촌?"

신지혜가 고개를 갸웃거렸다.

그러면서 두 눈을 깜빡이며 애교를 부렸다. 현우가 빙그레 웃으며 신지혜를 마주 보았다.

"지혜야."

"응, 삼촌."

"오랜만에 영화 하나 찍자."

"아? 진짜? 이번에도 지유 언니랑?"

"아니."

송지유가 고개를 저었다. 그리고 현우가 입을 열었다.

"새 마블 시리즈 주인공으로 지혜, 널 생각하고 있었어."

"…마블?! 마블?!"

"세상에!"

성희연과 오수정이 깜짝 놀라며 입을 다물지 못했다.

신지혜도 믿지 못하겠다는 표정이었다. 그러다 신지혜가 배시시 웃기 시작했다.

"삼촌! 최고! 따랑해!"

신지혜가 현우의 품에 안겨 신난 것을 숨기지 못했다. 현우가 빙그레 웃었다.

"희연이랑 수정이, 그리고 카나랑 하나도 출연을 할 거니까, 준비들 해둬."

"네? 저희들도요?!"

오수정이 또 그대로 굳어버렸다.

신지혜가 세계적인 영화 시리즈에 캐스팅이 된 것도 모자라 멤버들 전원이 출연을 하게 되었다.

"저, 저희 아직 데뷔도 못 했는데요, 회장님? 그렇게 큰 영화에 저희들이 뭐라고 출연을……."

너무 놀란 성희연이 말까지 더듬으며 물었다. 현우가 고개를 저어 보였다.

"너희들은 아직도 스스로를 저평가하고 있어. 지혜도 그렇고 너희 모두를, 우리 어울림에서는 전력을 다해 키웠어. 충분히 자격들이 있다는 말이지. 철용아, 네가 설명을 해줘라."

"예, 현우 형님."

김철용이 '소녀혁명' 멤버들을 둘러보며 입을 열었다.

"소녀혁명. 그룹 이름대로 너희들은 가요계를 넘어 대한민국에 혁명을 일으킬 아이들이야. 마블 시리즈 출연도 소녀혁명 프로젝트의 일환이었고 말이지."

"그랬구나."

이제야 성희연과 멤버들이 수긍을 했다.

어울림의 세 번째 걸 그룹 '소녀혁명'의 데뷔.

본인들이 생각하고 있었던 단순하고 평범한 데뷔가 아닌, 가요계 역사상 전례가 없었던 데뷔를 소속사 어울림에서는 준비하고 있었던 것이다.

*　　　*　　　*

[어울림 엔터테인먼트 'Produce idol 121 시즌2' 전격 불참!]

[어울림 엔터테인먼트 불참 선언? 그 이유가 궁금하다!]

['Produce idol 121 시즌2' 어울림 엔터 불참에 논란 가중되나?]

방송을 앞두고 어울림 엔터테인먼트가 '프아돌 시즌2'에 불참한다는 소식이 대대적으로 보도가 되었다. 그리고 많은 팬들이 이 일을 놓고 갑론을박을 벌이고 있었다.

―엥? 어울림 연습생들은 왜 참석을 안 함? 김빠지게?

―시즌1에서도 어울림 연습생들이 하드캐리하지 않았나? ――

―방송 얼마 남겨두지도 않고 갑자기 이런 식으로 뒤통수 치면;

―아;; 어울림 연습생들 기대 많이 했었는데! ㅠㅠ

―근데 왜 안 나오는 거? 이유가 있음?

―이유나 알자고! 좀 ――;

팬들의 항의는 점차 거세져 갔다.

어울림 엔터테인먼트 소속 연습생들에 대한 기대감이 다들 컸기 때문이었다.

[어울림 엔터테인먼트의 'Produce idol 121 시즌2' 불참과 관련 저희 MBS와는 아무 관련이 없음을 알려 드립니다. 전적으로 어울림 엔터테인먼트의 의견이 반영된…….]

결국 MBS에서 홈페이지에 짤막한 해명 글을 올렸지만, 시원하지 못한 해명은 더 큰 논란을 불러일으키고 있었다.

―뭐임? 이게 해명이라고? ㅋㅋㅋ

—해명을 발로 했네? 그러니까 그 정확한 이유가 뭐냐고!

—뭔가 구린 냄새가 나는데? ㅎㅎ

—소문에 의하면 다른 기획사들에서 단체로 반발을 했다는 소문이;

—ㄹㅇ? 어울림 연습생들이 싹쓸이할까 봐?

—아항. 그런 듯? ㅋㅋㅋㅋ

일부 팬들이 내놓고 있는 추측이 들불처럼 번져 나갔지만, '프아돌 시즌2' 제작진은 여전히 묵묵부답으로 일관했다.

일부 팬들이 추측하고 있는 '기획사 담합설'도 말 그대로 '하나의 설'로만 치부될 뿐이었다.

결국 언론에서 어울림 엔터테인먼트 측에 사실 확인을 요청했지만, 어울림 역시 별다른 입장은 내놓지 않고 있는 상황이었다.

덕분에 들불처럼 타고 있던 여론도 점차 잦아들고 있는 추세였다.

"형님, 차라리 확 밝혀 버리는 편이 나은 거 아닐까요?"

회장실에 찾아온 최영진이 현우에게 조심스레 물었다.

노트북으로 기사들을 살펴보고 있던 현우가 고개를 들었다.

최영진이 계속해서 말을 이어갔다.

"어차피 여러 기획사에서 담합을 한 건 사실 아닙니까? 이 기회에 확 시원하게 알리고 우리 아이들 리얼리티 프로그램이 방송이 되면."

"영진아."

현우가 조용히 최영진의 말을 끊었다.

"네, 형님."

최영진이 현우를 쳐다보며 귀를 기울였다. 탁, 현우가 노트북을 덮으며 입을 열었다.

"영진이 네 생각대로 기획사들이 우리 어울림이 시즌2에 참가하지 않기를 원한다. 그런 연유로 시즌2에 참가하지 않게 됐다."

"네, 형님."

"이렇게 알려진다고 생각해 보자. 어떻게 될까?"

"난리가 나겠죠. 프아돌 시즌2도 망하고, 다른 기획사들도 욕먹고 뭐 그러지 않을까요?"

"그럼 우리 어울림은?"

현우가 조용히 되물었다.

골똘히 생각에 잠겨 있던 최영진은 아차 싶었다.

"결국에는 남는 게 없네요."

"그래. 그거야, 영진아."

현우가 빙그레 웃었다.

"팬들이, 그리고 언론에서 논란이 있다고 해서 우리가 그 논란에 기름을 부어버리면 당장 속은 시원하겠지. 하지만 우린 얻는 게 없어."

"그러네요, 형님."

최영진이 머리를 긁적이며 한숨을 내쉬었다.

만약 지금의 분위기에 동조하고 있는 사실을 그대로 밝혀버린다면 공영 방송사인 MBS와는 돌이킬 수 없는 관계가 될 게 분명했다.

"기획사들이야 상관이 없다고 쳐도, 굳이 MBS랑 대놓고 척을 질 필요는 없어, 영진아."

"차라리 시청률로 압도를 해서 결과로 보여주자. 이거네요, 형님."

"그렇지. 우리 어울림이 얼마만큼의 파급력을 가지고 있는지를, 그리고 우리 어울림을 배제했을 때 어떤 결과가 나오는지를 결과로 보여주면 그만이야."

현우가 최영진의 어깨를 두들겨 주었다.

"미국에 계시더니 많이 달라지셨네요, 형님."

최영진이 현우를 보며 감탄했다.

불도저같이 앞뒤 가리지 않고 달려들던 예전의 현우는 없었다.

"할리우드에서 일했던 짬밥이 어디 가겠냐? 거긴 겉으론 웃으면서 뒤에서 뒤통수를 치는 곳이야. 그리고 지유 말마따나 사람이 생각이 있으면 머리를 해야지."

"형님, 앞뒤가 좀 바뀐 거 같은데요?"

"그래? 하하."

현우가 짧게 웃었다. 그러다 눈빛을 빛냈다.

"프아돌 방송이 언제지?"

"다음 주 토요일이니까 대충 일주일 정도 남았네요, 형님."

"오케이. 우리도 슬슬 기사 내보내자고."

"네, 형님."

최영진이 고개를 끄덕였다.

*   *   *

주말이 지나가고 월요일 아침부터 온라인과 오프라인이 발칵 뒤집혀 버렸다.

[소녀혁명(小女革命), Girl's Revolution.]

이 단순한 카피 문구가 느닷없이 대한민국 전국을 뒤덮고 있었다.

TV와 포털 사이트, 심지어 신문 광고에서도 이 카피 문구를 찾아볼 수 있었다.

CV가 그룹 차원에서 벌이고 있는 이 대대적인 홍보에 수많은 대중들이 큰 호기심을 보이고 있었다.

　—뭐지?
　—이건 또 뭐야? ㅋㅋ
　—당최 알 수가 없는데?
　—저기 힌트라도? 이 문구만 보고 어떻게 알아 ㅋㅋㅋ
　—궁금해 미치겠다! ㅋㅋㅋㅋ

궁금해하는 대중을 위해 언론사들이 어떻게든 이 카피 문구에 대한 것들을 캐내려고 했지만 CV 그룹에선 묵묵부답이었다.

그리고 하루가 지난 화요일 새로운 카피 문구가 대한민국을 뒤덮었다.

[소녀혁명(小女革命), Girl's Revolution. 혁명에 동참하시겠습니까? 혁명 예정일까지 —4일]

새로운 카피 문구에 또 무수히 많은 댓글들이 달리기 시작했다.

―혁명? 뜬금없이? ㅋㅋㅋ

―혁명을 일으킨다고요? 저기요?

―?? 뭐야? 대체? ㅋ

―4일 남았다는데? ㅋㅋㅋ

―영화 개봉이야? 뭐야? ―― 궁금해 죽겠네 ㅋㅋ

그리고 또 하루가 지난 수요일 새로운 카피 문구가 공개되었다.

[소녀혁명(小女革命), Girl's Revolution. N.NET에서 토요일 오후 10시 생방송! 혁명에 동참하세요! 혁명 예정일 ―3일]

―N.NET? 헐? 새 프로그램 제목인 듯?

―혹시 새 걸 그룹 홍보 아님?

―맞는 거 같은데? 근데 CV에서 걸 그룹도 만든다고?

―토요일 10시면 프아돌 시즌2 첫방 날인데? ㅋㅋㅋ

―제대로 붙겠네? 와아;

―근데 정보가 하나도 없어 ㅋㅋㅋ 프로그램인 거 같기는 한데 누가 나온다는 거야? ㅋㅋ

수요일에 공개된 새 카피 문구는 대중들의 호기심을 더욱 자극했다.

그리고 하루가 지난 목요일 새로운 카피 문구가 또다시 대한민국을 뒤덮었다.

[소녀혁명(小女革命), Girl's Revolution. 오수정 17세, 성희연 17세. 혁명 예정일까지 ─2일]

이번에는 카피 문구만이 아니라 수줍게 웃으며 서 있는 오수정과 함께 팔짱을 끼고 무표정을 짓고 있는 성희연의 모습이 담긴 3초짜리 영상도 함께 공개가 되었다.

느닷없이 공개된 오수정과 성희연을 보며 수많은 대중들이 열광을 하기 시작했다.

─오수정? 와? 귀여운데? ㅋㅋㅋ

─진짜 순수하게 생겼다 ㅎㅎ

─성희연이라고? 진짜 예쁘네;

─성희연, 아역 배우였잖아? 예쁘기로 유명했는데?

─오수정도 그렇고 성희연도 장난 아닌데?

─졸귀네; ㄹㅇ 혁명에 동참하게 만드네?

─이 정도 비주얼이면 대형 기획사 소속인가? 어디 소속이지?

─어디 기획사지?

—오수정이랑 성희연, 예전에 아역 배우 하면서 어린이 프로 MC 했던 친구들임. 내가 잘 알고 있음. 어울림임 ㅋㅋㅋㅋㅋㅋ

—와! 미친 어울림이다!

—어울림이다! ㅋㅋㅋㅋ

—김태식이 돌아왔구나? ㅋㅋㅋ

—어울림이었어? ㅋㅋㅋㅋ

—와 이런 식으로 한다고? ㅎㄷㄷ

—어쩐지 프아돌에 출연 안 한다 했더니 이거였구나? ㅋ

—여러분… 김태식이 새 걸 그룹을 가지고 돌아왔습니다! 만세! 만세!

압도적인 비주얼과 함께 오수정과 성희연이 어울림 소속 연습생이라는 것이 울림이들에 의해 알려지면서 폭발적인 관심을 불러일으키기 시작했다.

[어울림 엔터테인먼트, 드디어 새 걸 그룹 데뷔?!]

[걸 그룹 명가, 어울림 엔터테인먼트! 새로이 걸 그룹 선보이나?]

[소녀혁명(小女革命), Girl's Revolution! 결국 어울림 엔터테인먼트의 새 걸 그룹으로 밝혀져!]

사태 추이를 지켜보고 있던 언론들도 일제히 기사를 쏟아내었고, 대한민국이 들썩이고 있었다.

[소녀혁명(小女革命), Girl's Revolution. 나나세 카나 17세, 나나세 히나. 혁명 예정일까지 —1일]

그리고 혁명 예정일을 하루 남긴 금요일 오전 두 멤버들이 또 공개가 되었다.

하나로 겹쳐져 있던 쌍둥이 자매가 옆으로 펼쳐지는 3초짜리 영상이었다.

─쌍둥이 멤버다! ㅋㅋ
─와, 이 멤버들도 비주얼 폭발이다 ㅋㅋ
─어울림이 작정했네? 이거 너무 생긴 거로만 채운 거 아님?
─외관상으로는 역대급 걸 그룹인데? ㅋㅋㅋ
─태식이 형 고마워요! 눈이 호강하네요 ㅠㅠ

카나와 히나 자매를 향한 반응도 폭발적이었다.

그리고 어느새 대중들의 관심은 '프아돌 시즌2'가 아닌 온통 어울림의 새 걸 그룹에 쏠려 있었다.

그리고 혁명 예정일인 대망의 토요일.

언론을 비롯해 대중들의 눈과 귀가 어울림 엔터테인먼트에게 쏠려 있었다.

마침내 오전 9시. 마지막 카피 문구가 공개가 되었다.

[소녀혁명(小女革命), Girl's Revolution. 신지혜 17세. 광화문 오후 8시부터 소녀들의 혁명이 시작됩니다!]

마지막 카피 문구와 함께 마지막 멤버가 공개가 되었다.

바로 신지혜였다.

소녀혁명(小女革命)이라는 글귀가 새겨진 하얀색 깃발을 한 손에 든 채로 신지혜가 당당한 미소와 함께 우뚝 서 있었다.

그리고 그 즉시 대한민국이 다시 한번 뒤집혔다.

─미친 ㅋㅋㅋㅋㅋㅋㅋ 지혜 히메다!

─지혜 히메다! 지혜 히메다! 이게 얼마 만이야! ㅠㅠ

─지혜 히메가 여신이 되어서 돌아왔다!!

─이제 여신이네! 지혜 여신!

─여신 강림! 신! 지! 혜!

─송지유, 데뷔 때 보는 거 같은데? ㅋㅋㅋ

—이제 어울림 4 대 갓이 되는 거냐⋯⋯!

—미쳤다. 그냥 ㅋㅋㅋ

몇 년 전부터 모든 연예계 활동을 중단했던 신지혜였고, 대중들의 기억 속에서도 지워진 지 오래였다.

하지만 다시 등장을 한 신지혜를 보며 수많은 대중들이 열광을 하고 있었다.

—가자! 광화문으로 가즈아!

—지혜 히메 보러 퇴근하자마자 달립니다!

—갑시다! 어울림이 어울림 했는데! 울림이들도 울림이 하러 갑시다!

—가자! 가자! 가자!

—지혜 님 제가 갑니다!

—울림이들 다 모여라!

더 볼 것도 없었다.

"다들 고생했어."

탁. 현우가 노트북을 덮고는 어울림 임원들을 향해 말했다.

지난 일주일간 펼쳐졌던 새 걸 그룹 '소녀혁명' 프로모션 이벤트는 대성공이었다.

특히 마지막 멤버로 공개된 신지혜의 파급력은 가히 엄청났다.

"현장 상황은?"

"태명 형님이 계시는데 뭐 문제가 있을까요?"

최영진이 현우를 보며 대답했다.

"우리도 슬슬 애들 데리고 가자. 철용아?"

"흐흐. 네, 형님. 가시죠!"

김철용이 자리를 박차고 일어났다.

*   *   *

광화문 광장으로 그동안 베일에 쌓여 있던 특설 무대가 조금씩 그 정체를 드러내고 있었다.

어울림 로고가 박힌 옷을 입은 공연 연출 팀 직원들이 펜스를 걷어내자 분홍색과 온갖 보석들로 꾸며진 특설 무대가 정체를 드러내었다.

그동안 영문도 모른 채 광화문 광장을 지나다녔던 직장인들과 울림이들이 하나둘 특설 무대 근처에 몰려들며 벌써부터 인산인해를 이루기 시작했다.

"어떠십니까? 마음에 드십니까?"

미국에서 무대 공연과 연출 쪽으로 큰 명성을 날리고 있는 마이클 김이 손태명에게 물었다.

"기대했던 것보다 훨씬 훌륭합니다."

손태명은 화려하기 그지없는 특설 무대를 보며 진심으로 놀랐다.

확실히 미국 빌보드에서 활동을 하며 수많은 유명 가수들의 무대를 연출했던 경험과 이력은 무시할 수가 없었다.

특설 무대도 그렇고 특수 공연 장비와 음향 장비도 한국에서는 찾아볼 수가 없는 것들 천지였다.

"확실히 현우가 투자를 한 이유가 있었네요."

"하하. 라이언이 아니었으면 저 역시 한국에 오지도 않았을 겁니다."

마이클 김의 대답에 손태명이 고개를 끄덕거렸다.

그사이 어울림 소속 직원들과 N.NET의 스태프들이 광화문에 몰려든 사람들을 객석으로 안내하기 시작했다.

그리고 하나씩 '소녀혁명'을 상징하는 로고인 핑크색 깃발을 나누어 주었다.

응원봉을 비롯해 객석 좌석 역시 분홍색에 '소녀혁명'의 로고가 새겨져 있었다.

많은 사람들이 화려함과 그 디테일에 놀라고 있을 무렵, 특설 무대 위에 누군가가 올라섰다.

그리고 전광판으로 익숙한 얼굴이 나타났다.

현우였다.

"김현우다!"

누군가의 외침을 시작으로 뜨거운 함성이 쏟아져 나왔다.

"김현우! 김현우!"

수많은 사람들이 계속해서 현우의 이름을 연호하기 시작했다.

열광적인 반응에 현우는 쓴웃음을 머금었다. 꼭 무슨 종교 집회에 참석을 한 기분이었다.

마이크를 잡은 현우가 특설 무대 아래 쪽을 향해 입을 열었다.

"오래간만에 올라와라, 손태명."

"와아아!"

오랜만에 두 사람의 투 샷을 볼 생각에 뜨거운 함성이 또 쏟아졌다.

마이클 김과 함께 최종 점검을 하고 있던 손태명이 얼굴을 찌푸렸다.

"이 자식, 이거 또 시작이네."

"올라가시죠, 태명 형님. 벚꽃 콘서트 때 생각도 나고 좋은데요?"

"그걸 아직도 기억하세요, 영진 형님?"

말은 그렇게 하지만 김철용도 옛 추억이 떠올라 흐흐 웃었다.

"손태명! 손태명!"

여기저기서 손태명의 이름을 외쳐댔다.

"하아, 김현우… 이 자식을 진짜!"

손태명이 N.NET 관계자와 함께 서 있는 김정우를 쳐다보았다.

혼자서 죽을 생각은 절대 없었다.

"정우 형님, 저랑 가시죠."

"하하. 저도요?"

"둘보단 셋이 나을 거 같아서요."

손태명이 김정우를 끌고 무대로 올라갔다.

그리고 올라가자마자 현우의 어깨를 툭, 쳤다. 여기저기서 와하하! 웃음이 터졌다.

"그동안 저 없이도 어울림을 이끌어준 태명이랑 정우 형님한테 박수 한번 주시죠!"

현우의 제안에 여기저기서 박수가 쏟아졌다.

손태명이야 이런 상황에 익숙했지만 김정우가 영 적응이 되지 않는다는 듯 멋쩍게 웃기만 했다.

환호와 박수가 잦아들 무렵, 현우가 손태명에게 마이크를 건넸다.

"왜?"

"너도 한마디 해."

"음."

손태명이 무대 쪽을 바라보았다. 그리고 천천히 입을 열었다.

"손태명입니다. 현우랑 지유가 미국으로 가버리고 이렇게 가까이서 여러분들을 뵙는 게 참 오랜만이라는 생각이 드네요. 옛날 생각도 많이 나고 좋습니다. 오늘 우리 어울림의 새로운 식구들이 여러분들 앞에 선을 보이는 날입니다. 많은 응원 부탁드립니다!"

박수가 쏟아졌다.

손태명이 이번에는 마이크를 김정우에게 건넸다. 현우가 자리를 비운 사이 손태명이 빛의 역할을 했다면 김정우는 그림자 역할을 도맡았다.

김정우가 마이크를 건네받았다.

"길게 말하지 않겠습니다. 오늘 이후로 우리 아이들에게 많은 응원을 보내주시면 감사하겠습니다. 마지막 소감은 우리 회장님이 하시죠."

김정우가 부드럽게 웃으며 마이크를 다시 현우에게 주었다. 현우가 마이크를 들고는 수많은 관객을 눈 안에 담았다.

시종일관 유쾌하던 현우가 진지한 표정을 했다.

N.NET 측에서도 그런 현우를 집중적으로 카메라에 담기 시작했다.

"저랑 지유가 참 오랫동안 자리를 비웠습니다. 여기 있는 태명이나 정우 형님, 그리고 우리 어울림 직원들한테 미안하고 고맙다는 말을 하고 싶습니다. 물론 여러분들도 마찬가지입니다. 성별도, 나이도, 직업도, 그리고 사는 곳도 다르지만 울림이라는 이름으로 그간 저희 어울림을 지켜주셔서 정말 감사합니다. 그리고 오늘 저희 어울림은 어울림의 방식으로 여러분들에게 보답을 해드리고 싶습니다. 소녀들의 혁명. 소녀혁명! 지금 공개하겠습니다!"

현우가 크게 소리를 쳤다.

특설 무대를 향해 분홍색 큐빅이 촘촘하게 박힌 대형 버스 한 대가 들어서기 시작했다.

깃발을 들고 있는 '소녀혁명' 멤버들의 사진이 대문짝만 하게 박힌 버스였다.

"소녀혁명이다!"

와아아!

뜨거운 함성이 쏟아졌다.

특설 무대의 위쪽에서 화려한 분홍색 레이저들이 쏟아졌다. 그와 동시에 특설 무대의 옆 부분이 땅 아래로 가라앉았고, 그 틈으로 버스가 들어서기 시작했다.

특설 무대의 한가운데 세워진 보석 버스가 이내 찬란한 분홍색 빛을 발하기 시작했다.

와아아!

화려하고 압도적인 퍼포먼스에 많은 사람들이 열광을 했다.

그때였다.

쾅! 쾅!

효과음과 함께 특설 무대를 비롯해 분홍색 버스가 어둠 속에 잠겼다.

"……"

"……"

광화문 일대가 일순간 침묵에 휩싸였다.

그리고 그 순간 특설 무대 중앙에 세워진 버스에서 갑자기 영상이 흘러나오기 시작했다.

첫 무대에 올랐던 송지유를 시작으로 전국소녀 멤버들의 모습과 엘시의 솔로 데뷔 무대, 그리고 다시 뭉친 엘시와 드림걸즈의 무대, 마지막으로 신현우의 모습도 짧게 스쳐 지나갔다.

영상이 잦아들고 그 순간 버스 위에서 '소녀혁명'이라는 글귀가 분홍색 빛을 발하기 시작했다.

와아아!

함성이 쏟아졌다. 그리고 분홍색 안개가 뿌려지며 보석 버스의 지붕과 전면이 서서히 열리기 시작했다.

그 속에서 '소녀혁명' 멤버들의 실루엣이 보이기 시작했다.

특설 무대가 연신 분홍색 빛을 발하자 다시 한번 함성이 쏟아졌다.

쏟아지는 조명 가운데서 신지혜와 '소녀혁명' 멤버들이 모습을 드러내었다.

또각또각.

다섯 명의 소녀들이 천천히 무대 앞으로 걸어 나왔다.

신지혜가 들고 있던 깃발을 무대 바닥의 홈 속에 굳게 박았다.

그러고는 그 깃발에 분홍색 큐빅으로 된 마이크를 꽂았다.

"……."

수많은 시선들이 소녀혁명 멤버들에게 모아졌다.

걸리쉬를 대표하는 청순 걸 그룹인 전국소녀나 통통 튀는 스트리트 팝을 추구하는 드림걸즈와는 그 느낌이 전혀 달랐다.

어린 나이의 소녀들이 한눈에 보아도 고가로 보이는 화려한 의상과 보석 액세서리로 치장했다.

신지혜도 그렇고 멤버들 전원이 내뿜고 있는 포스가 장난이 아니었다.

신지혜가 조용히 고개를 들었다.

"……."

그 매혹적인 시선에 광화문 광장이 침묵에 휩싸였다.

"Can you hear that?"

신지혜가 매혹적인 미소와 함께 작게 속삭였다.

그리고 특설 무대 위로 강렬한 힙합 사운드가 쏟아지기 시작했다.

*   *   *

[소녀혁명(小女革命), Girl's Revolution.' 충격적인 광화문 데뷔!]

[소녀혁명' 정말 가요계에 혁명 일으키나?]

[어울림 엔터테인먼트의 새 걸 그룹 '소녀혁명' 보기 위해 광화문 광장에 2만 명 모여!]

[소녀혁명' 기존 어울림 걸 그룹과는 차별화된 Girl's Hiphop 선보여!]

[삼박자 모두 갖춘, 초특급 괴물 신인 걸 그룹 '소녀혁명', 어울림이 어울림 했다!]

[소녀혁명' 생방송 데뷔 무대, 순간 시청률 25.7%]

[어울림 엔터테인먼트, 또 한 번 대한민국 연예계에 역사를 쓴다!]

[미국에서 돌아온 어울림의 수장이 보여준 품격! '소녀혁명'은 혁명이다!]

충격적인 광화문 데뷔였고, 혁명이었다. 언론은 앞다투어 기사들을 쏟아내었고, 수많은 대중이 '소녀혁명'을 향해 폭발적인 관심을 보이고 있었다.

포털 사이트마다 '소녀혁명'의 기사가 도배가 되다시피 한 것도 모자라, WE TUBE에 올라온 광화문 데뷔 무대 영상도 조회 수가 초 단위로 치솟고 있었다.

─딴말 다 필요 없고! 어울림이 어울림 했다!

─진짜 소녀혁명이네? ㅋㅋㅋ

─쇼 케이스 다녀왔는데, 두말 안 하겠습니다. 내 영혼을 가져가요! 소녀혁명!

─어울림의 존재 자체가 대한민국 연예계에는 축복이라는 걸 알아야 할 텐데 말이지?

─소녀혁명! 소녀혁명! 진짜 최고!

─입! 덕! ㅋㅋ

─나도 입! 덕!

─입! 덕!!

─여기저기서 입! 덕! 선언문 쏟아지네! ㅎㄷㄷ

─어울림 엔터테인먼트의 과거와 미래가 함축된 걸 그룹!

─송지유도 모자라 이제는 지혜 공주까지 ㅋㅋ 게임 끝!

그야말로 찬사 일색이었다.

거기다 벌써부터 '소녀혁명' 멤버들에 대한 분석과 평가가 담긴 글들이 커뮤니티 게시판의 상단을 차지하고 있었다.

특히 울림이로 유명한 한 팬이 올린 글이 가장 큰 호응을 받고 있었다.

딸깍, 딸깍.

새하얀 얼굴에 귀여움이 진하게 묻어 있는 오수정이 안경을 쓴 채로 노트북에서 눈을 뗄 줄 몰랐다.

"히히. 히히히. 히히히!"

오수정의 괴상한 웃음소리가 '소녀혁명' 전용 연습실에 울려 퍼졌다.

옆에서 턱을 괴고 함께 기사들을 읽던 성희연이 오수정의 이마에 손을 올렸다.

"열은 없는데?"

"그럼 드디어 미쳤네, 오수정."

히히 웃고 있던 오수정이 울상을 했다.

"너무해! 지혜, 너는 기쁘지도 않아?"

"당연한 건데? 뭘."

"왕 재수 불여우."

성희연이 눈을 찌푸렸다.

그러거나 말거나 신지혜의 눈가엔 졸음이 가득했다. 성희연이 팔짱을 꼈다.

"요즘 왜 그렇게 잠이 많아졌어?"

"너보다 키 크려고. 그리고 잠 많이 자면 여기도 커져."

"야!"

신지혜의 제스처에 성희현의 얼굴이 토마토처럼 붉어졌다. 유일한 약점을 건드렸기 때문이었다.

"지혜 말이 맞아! 나를 봐봐. 헤헤."

카나가 얼른 신지혜의 옆으로 누워서 상체를 쭉 내밀었다.

"……"

쌍둥이 동생인 히나는 영문도 모르고 카나를 따라하고 있었다.

"이것들이? 단체로!"

성희연이 씩씩거리며 신지혜와 쌍둥이 자매를 노려보았다. 성희연의 팔을 오수정이 잡아당겼다.

"희연아! 지혜야! 이거 봐봐! 이분 되게 유명한 분 아니야?"

"응? 누군데?"

신지혜와 멤버들이 얼른 노트북으로 시선을 돌렸다.

닉네임 '울림 코드명 제로'. 어울림 소속 아티스트들에 대한 정보를 다루는 사이트를 운영하며 이름이 크게 알려진 팬이었다.

"우리들을 보고 글을 썼다는데? 클릭해 봐, 수정아."

성희연이 눈동자를 빛냈다.

"떠, 떨리는데? 나쁜 평이라도 있으면 어떻게 해?"

"바보야. 있겠냐! 그냥 눌러!"

신지혜가 오수정의 손을 꾹 눌렀다. 그리고 노트북 화면이 넘어갔다.

"안, 안 돼!"

오수정이 손바닥으로 두 눈을 가렸다.

그러면서도 손가락 틈새로 노트북 화면을 훔쳐보기 시작했다.

[어울림 새 걸 그룹 소녀혁명, 다섯 멤버 집중 분석!(광화문 쇼케이스 후기도 짧게)]

안녕하세요! 1기 울림이 울림 코드명 제로입니다! 어제 소녀혁명을 보려고 광화문 쇼 케이스에 다녀왔습니다! 후기 글 작성에 앞서 먼저 우리 김현우 회장님에게 감사를 표하고 싶습니다! 정말 준비 많이 하셨습니다! 무대 만드시는 데 돈 엄청 쓰셨을 거 같아요! 서론은 짧게 넘어가고 이제 본격적으로 후기를 쓰겠습니다! +_+ 관객 입장이 끝나고 우리 김태식 회장님이랑 요즘 연애 중이신 손태명 사장님이 오랜만에 뜨거운 브로맨스로 분위기를 달구

어주셨습니다. 오랜만에 김정우 실장님 본 건 덤이라는 거. 그리고 광화문 쇼 케이스에 오시고 생방송으로 지켜보신 분들도 그랬겠지만, 우리 소녀혁명은 등장부터 심상치가 않았습니다. 보석 버스라고 불린다죠? 아무튼 보석 버스가 특설 무대를 가로지르며 들어오는데… 크… 장난이 아니더군요! 그리고 이어지는 역대급 데뷔 무대! 아, 못 보신 분들을 위해 WE TUBE 영상 링크해 놓겠습니다! 보셨나요? 장난이 아니죠? 확실히 탈아시아 걸 그룹이라는 생각이 강하게 들었습니다. 그럼 이제 멤버들을 분석해 보겠습니다!

1) 신비(신지혜 17세): 울림이들과 대한민국 국민이라면 다 알고 있는 우리 지혜 공주님이십니다! 3년 사이에 진짜 몰라볼 정도로 성장을 하셨습니다! 우리 꽃지유님한테 필적할 정도로 예뻐지셨습니다! 물론 포텐은 늘 훌륭했지만요! 영상으로 다들 보셨겠지만 깃발에 마이크 꽂고 무대를 내려다보는데, 정말 심장이 멎는 줄 알았습니다. 특히 Can you hear that? 속삭이실 때는 정말 마음의 소리가 들리더라고요! ㅋㅋ 포지션은 센터, 메인 보컬입니다! 우리 김태식 회장님한테 직접 들은 겁니다! 하하! 부럽죠?

"네 삼촌도 중증이라니까? 울림이분들 앞에서 지혜 네 자랑만 한 30분은 한 거 같아."

성희연이 신지혜를 보며 고개를 저었다. 신지혜의 눈매가 여우처럼 찢어졌다.

"우리 아빠랑 삼촌은 욕하지 마라? 진짜 죽는 수가 있어?"

"예~ 예~"

"희연이, 네 소개도 있다."

"그, 그래?"

오수정의 말에 성희연이 부끄러워했다.

2) 성연(성희연 17세): 가장 먼저 무대에서 보고 놀랐습니다. 우월한 기럭지 때문에요! 아역 배우 출신답게 정말 예쁘십니다! 배우 하셔도 될 듯! 그리고 재미있는 게 쇼 케이스 끝나고 지혜 공주님이랑 계속 장난치시더군요. 두 분이서 친한 것 같습니다. 포지션은 리더고 서브 보컬을 맡고 계시다고 합니다!

"우리가 친하다고?"

"설마."

성희연과 신지혜가 서로를 보며 얼굴을 찌푸렸다.

히나가 고개를 갸웃거리다 조용히 입을 열었다.

"너희 둘이 제일 잘 어울려."

묵직한 한 방이었다.

3) 크리스탈(오수정 17세): 익숙한 이름이죠? 네! 그렇습니다! 전국소녀의 리더이신 모찌모찌 수정님과 동명이인이십니다. 그래서 크리스탈이라는 예명을 지었다고 김현우 회장님께서 말씀을 해주셨습니다! 정말 최고로 귀엽게 생기셨습니다. 늘 웃고 계시고 성격도 엄청 좋아 보이십니다! 포지션은 모두의 예상을 깨고 메인 래퍼라십니다! ㅋㅋㅋ

"오수정이 성격이 좋다는데? 어떻게 생각해, 신지혜?"

"히스테리만 없으면 착하지. 근데 히스테리가 있으니 뭐. 으~ 무서워."

신지혜가 양팔을 부여잡고 몸을 떨었다. 오수정이 그 모습을 보곤 시무룩해했다.

그때 하나가 또 묵직한 한 방을 먹였다.

"오수정, 무서워. 눈동자가 변하면 이상해져."

"이, 이제 카나 거 보자."

오수정이 급히 화제를 돌렸다.

4) 카나(나나세 카나 17세): 일본 출신 멤버입니다! 어울림 일본 지부에서도 탑을 달리던 연습생이라고 하네요! 보셨던 대로 정말 청순하고 예쁘십니다. 일본산 순정 만화에서 나올 법하죠? 무대

끝나고 인사하는데 한국말을 너무 잘해서 놀랐습니다. 그리고 진짜 순수한 것 같았습니다. 김현우 회장님이랑도 친해 보이고요! 포지션은 메인 댄서십니다!

"카나가 순수하다고? 진짜 다 속았네?"

성희연이 킥킥 웃었다.

쇼 케이스가 끝나고 청순 미소를 머금은 채로 울림이들을 조련하던 카나가 생각났다.

신지혜도 절레절레 고개를 저었다. 그러고는 카나를 노려보았다.

"카나, 너 우리 삼촌한테 그만 달라붙어! 기분 나빠!"

"왜~? 나도 회장님이 좋아. 멋있잖아~"

"안 돼!"

단호하게 선을 긋는 신지혜였다. 카나는 그저 헤헤 웃기만 하고 있었다.

"이제 마지막이네."

성희연이 오수정 대신 히나의 프로필을 눌렀다.

5) 히나(나나세 히나 17세): 역시 일본인 출신 멤버입니다. 그리고 다들 아시다시피 카나 님이랑은 쌍둥이 자매라고 하네요. 언니인 카나 님과 다르게 말수도 적고 조용하시더군요. 대신 상냥하

신 거 같았습니다. 일일이 악수도 해주시고 ㅎㅎ 걸즈파워의 Sia, Tia 자매의 인기를 능가할 수도 있을 거 같다는 생각이 들었습니다. 아, 참고로 헷갈리시는 분들을 위해 간단하게 짧은 머리가 카나 님, 그리고 긴 머리가 하나 님입니다. 포지션은 서브 보컬이십니다!

"하나가 상냥해? 사차원이 아니고? 이분이 우리를 아직 잘 모르시네?"

"차라리 다행이지 싶은데."

"하긴 인정."

신지혜의 말에 성희연도 수긍을 했다.

'소녀혁명'을 향한 팬들의 환상을 굳이 깨고 싶지는 않았다.

"총평을 볼까?"

오수정이 글을 아래로 내렸다.

총평을 내리겠습니다. '소녀혁명'. 말 그대로 혁명을 일으킬 것 같습니다. 어울림은 여러분들 말대로 어울림을 했습니다. 또한 조심스럽게 말해보자면 '소녀혁명'이 4세대 걸 그룹의 신호탄을 쏘지 않을까 싶습니다. 벌써 여기저기서 입! 덕! 선언문이 올라오고들 있습니다. 저 역시 마찬가지고요. 한 줄로 평가를 하자면 '소녀혁명'은 어울림 엔터테인먼트의 모든 노하우가 담긴 걸 그룹

이 아닐까 싶습니다. 그리고 마지막으로 한마디만 더 하겠습니다.

우리 모두 다섯 소녀들의 깃발 아래, 모입시다!

"와아~ 이분 글 잘 썼다. 다섯 소녀들의 깃발 아래 모입시다! 뭔가 멋있어!"

오수정이 만족스러운 얼굴을 했다. 성희연과 쌍둥이 자매도 미소를 머금었다.

광화문 쇼 케이스가 성대한 관심 속에서 무사히 이루어졌다. 한국 걸 그룹 역사상 전례가 없는 쇼 케이스라는 평가가 내려지고 있었다.

단 하루 만에 대한민국 전역이 '소녀혁명'의 깃발로 뒤덮였다고 해도 과언이 아니었다.

"우리 회장님! 감사합니다!"

오수정이 느닷없이 현우를 향해 고마움을 표시했다. 성희연이 픽 웃었다.

"얼굴 한번 보기 힘든 신비주의 회장님이라고 툴툴거릴 때는 언제고."

"내가 언제?"

"너, 그래서 지혜가 예명 신비로 한다는 것도 반대했잖아."

"아, 아니야!"

오수정이 울상을 했다.

"그만해. 오수정, 히스테리 부리기 전에."

"응. 근데 지혜, 너는 진짜 안 기뻐? 아까부터 영 반응이 별로네?"

"맞아. 지혜는 이상해."

히나도 성희연의 의견에 공감을 했다. 신지혜가 팔짱을 끼고는 씩 웃었다.

"이제 시작이니까 그러지. 우리 삼촌, 너희들 생각보다 더 어마어마하거든?"

"정말? 지혜는 봤어?"

"응?"

순간 의아해하던 신지혜가 멈칫했다.

"야! 이 변태야!"

결국 신지혜가 음흉한 미소를 짓고 있는 카나를 향해 **빽**, 소리를 질렀다.

*   *   *

"역시 예상대로야."

손태명이 냉장고에서 캔 맥주를 꺼내며 말했다. 현우의 시선이 시원한 캔 맥주로 향했다.

"왜? 너도 줘?"

현우가 고개를 끄덕이며 입을 열었다.

"지유랑 은정이 몰래 마시는 맥주만큼 시원한 게 없지. 그건 그렇고, 그래서 프아돌 시청률은 얼마나 나왔다고?"

"1.7% 나왔다고 하더라."

손태명이 캔 맥주를 따며 말했다.

"그냥 망한 거죠 뭐."

최영진도 캔 맥주를 들이켜며 말했다.

김철용은 '소녀혁명'을 향한 대중들의 폭발적인 관심에 그저 함박 미소만을 짓고 있었다.

"그래서 좀 후련해?"

손태명이 캔 맥주를 홀짝이며 물었다. 현우가 쓴웃음을 머금었다.

"왠지 다 가져간 거 같아서 좀 그래."

"확실히 다 가져가긴 했죠. 형님."

최영진도 현우의 말에 표정이 그리 밝지 못했다.

기획사끼리의 담합에 의해 출연이 불발된 시점부터 '프로듀스 아이돌 121 시즌2'는 경쟁 프로그램이 되어버렸다.

하지만 아무리 그렇다고 해도 프로그램에 출연을 한 수많은 소녀들이 존재했다.

어쨌거나 '소녀혁명'의 혁명 같은 데뷔로 인해 그 소녀들의 꿈은 묻힐 위기에 처해 있었다.

여러모로 마음이 편치 않았다.

이 점을 잘 알고 있는 고석훈도 생각에 잠긴 얼굴로 캔 맥주를 입으로 가져갔다.

현우와 네 남자의 시선이 테이블에 놓인 노트북 쪽으로 향했다.

한 대의 노트북에는 신지혜와 '소녀혁명' 멤버들의 쇼 케이스 사진이 담긴 기사가 떠올라 있었고, 다른 한 대의 노트북에는 '프아돌 시즌2' 관련 기사들이 여러 개나 떠올라 있었다.

[MBS '프로듀스 아이돌 121 시즌2', 최악의 출발, 첫 방송 시청률 2%에도 못 미쳐!]

[N.NET 새 리얼리티 프로그램 '소녀혁명', 첫 방송 시청률 14% 기록!]

[어울림 엔터테인먼트 빠진 '프로듀스 아이돌 121 시즌2' 결국 시청률 참패!]

―그러니까 어울림을 왜 빼냐고 ㅋㅋ 확실한 흥행 카드였는데

―지혜 히메랑 소녀혁명 멤버들 출연했으면 역대급이었을 텐데;

―MBS야… 무조건 어울림은 잡았어야지!

—시즌2는 그냥 묻힐 듯. 소녀혁명이 너무 넘사벽임 ㅇㅇ

—시청률 2%도 안 나왔네 ㅋㅋㅋㅋㅋ

—i2i도 사실상 어울림이 하드캐리였구나… 새삼 깨달음.

—확실히 어울림 연습생들 안 나오니까 뭔가 김빠진 느낌

—소녀혁명 보다가 프아돌 보니까 진짜 별로더라.

대중들의 반응 역시 싸늘했다.

벌써부터 '프아돌 시즌2'의 몰락을 예견하는 글들이 넘쳐나고 있었다.

"뭐 그래도 어쩔 수 없는 일이었어."

현우가 조용히 중얼거렸다.

"그래. 항상 그래왔지만 우리 어울림에서 먼저 선공을 가한 적은 없었다. 그리고 잘 생각해. 이제 우리 어울림은 직원 몇 명에 식구들을 다 합쳐봐야 스무 명도 되지 않았던 그때와는 차원이 달라졌어. 당장 본사 직원만 해도 백 명이 넘어. 연습생들도 마찬가지고. 또 수호가 있는 일본 지부는? 그리고 Sun film 직원들은? 우리 식구들을 지키기 위해선 현우 네가 더 강해져야 한다."

손태명이 현우에게 진심을 담아 조언을 건넸다. 현우가 손태명을 보며 피식 웃었다.

"나도 알아. 근데, 오늘은 오랜만에 손 부인 모드냐?"

"항상 손 부인 모드였다, 자식아."

"하하."

현우가 짧게 웃었다. 그러다 현우가 진지한 표정을 했다.

"석훈아, 준비는 어떻게 잘되어가고 있어?"

"네, 회장님."

"수고했다."

현우가 씩 웃으며 말했다.

'소녀혁명'의 혁명은 이제부터가 시작이었다.

어울림의 반격 역시 마찬가지였다.

『내 손끝의 탑스타』 18권에 계속…